Llinell Amser Newid Hinsawdd

Dilyna'r llinell amser i ddarganfod sut mae allyriadau nwyon tŷ gwydr wedi cynyddu'n sylweddol ers y Chwyldro Diwydiannol.

Argyfwng byd-eang
Mae'r IPCC yn rhoi'r bai ar bobl am gynhesu byd-eang. Mynna fod llywodraethau'n gweithredu.

Iâ môr yn toddi

Yr iâ'n toddi
Mae swm iâ môr yr Arctig ar ei lefel isaf erioed. Dim ond 3.41 miliwn km sgwâr (1.32 miliwn milltir sgwâr) o iâ sy'n gorchuddio'r cefnfor.

Mae awyrennau'n achosi llawer o CO_2.

CO_2 yn yr atmosffer
Lefelau carbon deuocsid yn yr atmosffer yn uwch nag erioed yn ystod yr 800,000 ddiwethaf.

2006 — 2007 — 2012 — 2015 — 2018 — 2050

Gofid am garbon
Allyriadau carbon o losgi tanwydd ffosil, ffatrïoedd a diwydiant yn cyrraedd lefel beryglus o 8 biliwn tunnell y flwyddyn.

Mae ffatrïoedd yn cyfrannu'n fawr at gynhesu byd-eang.

Trafodaethau yng Nghynhadledd Paris

Cynhadledd Paris
Y Cenhedloedd Unedig yn cytuno i gadw'r cynnydd tymheredd byd-eang o dan 2°C (1.2°F) drwy leihau carbon deuocsid.

Dyfodol y Ddaear
Bydd rhewlifau alpaidd bychain yn debygol iawn o ddiflannu'n llwyr a rhewlifau mwy yn lleihau rhwng 30 a 70 y cant.

Mynydd iâ'n crebachu

Pethau i'w darganfod:

Newid Hinsawdd

Awdur: Maryam Sharif-Draper
Ymgynghorydd: Dr Stephen Burnley
Addasiad: Sioned Lleinau

Cynnwys

Uwcholygyddion Carrie Love, Roohi Sehgal
Golygydd prosiect Kritika Gupta
Golygyddion cynorthwyol Becky Walsh, Niharika Prabhakar
Golygyddion celf y prosiect Charlotte Bull, Roohi Rais
Golygydd celf Mohd Zishan
Golygydd celf cynorthwyol Bhagyashree Nayak
Cynllunwyr DTP Sachin Gupta, Vijay Kandwal
Ymchwilydd lluniau'r prosiect Sakshi Saluja
Cydlynydd siaced Issy Walsh
Cynllunydd siaced Rashika Kachroo
Golygyddion rheoli Penny Smith, Monica Saigal
Golygydd rheoli celf Mabel Chan
Dirprwy olygydd rheoli celf Ivy Sengupta
Cynhyrchydd, cyn-gynhyrchu Heather Blagden
Uwchgynhyrchydd Ena Matagic
Pennaeth tîm Delhi Malavika Talukder
Rheolwr cyhoeddi Francesca Young
Cyfarwyddwyr creadigol Helen Senior, Clare Baggaley
Cyfarwyddwr cyhoeddi Sarah Larter

Ymgynghorydd addysgol Jacqueline Harris

Cyhoeddwyd gyntaf ym Mhrydain yn 2020 gan
Dorling Kindersley Limited
80 Strand, Llundain, WC2R 0RL

Hawlfraint © 2020 Dorling Kindersley Limited,
Cwmni Penguin Random House

Cyhoeddwyd gyntaf yn Gymraeg yn 2022 gan
Rily Publications Ltd, Blwch Post 257, Caerffili, CF83 9FL

© Hawlfraint yr addasiad 2022 Rily Publications Ltd.

Addasiad Cymraeg Sioned Lleinau

ISBN: 978-1-80416-246-0

Cedwir pob hawl.

Mae'r cyhoeddwr yn cydnabod cefnogaeth ariannol
Cyngor Llyfrau Cymru.

Argraffwyd a rhwymwyd yn China

www.rily.co.uk
www.dk.com

4	Beth yw hinsawdd?
6	Hinsawdd drwy'r oesoedd
8	Yr effaith tŷ gwydr
10	Tanwydd ffosil
12	Y Chwyldro Diwydiannol
14	Yr haen oson
16	Trafnidiaeth
18	Siopa
20	Datgoedwigo
22	Ôl troed bwyd
24	Argyfwng y pegynau
26	Newid yn lefel y môr

Crwban môr gwyrdd

Tyfu rhuddygl

Offer cegin cynaliadwy

Bag siopa cotwm

28	Ynysoedd yn suddo	52	Holi'r arbenigwr
30	Arfordiroedd y dyfodol	54	Byw gyda newid hinsawdd
32	Cannu cwrel	56	Beth allaf i ei wneud?
34	Digwyddiadau tywydd eithafol	58	Ffeithiau a ffigyrau
36	Garddio	60	Geirfa
38	Bywyd anifeiliaid	62	Mynegai
40	Mudwyr hinsawdd	64	Cydnabyddiaethau
42	Ôl troed carbon		
44	Ymgyrchwyr amgylcheddol		
46	Streiciau ysgol		
48	Newid ar y cyd		
50	Ynni adnewyddadwy		

Cynhesu byd-eang

Greta Thunberg

Morfeirch

Beth yw hinsawdd?

Hinsawdd yw'r tywydd ar gyfartaledd mewn un lle dros gyfnod hir o amser. Mae'n seiliedig ar lawiad, oriau heulwen a thymheredd. Yn y gorffennol, mae hinsawdd y Ddaear wedi amrywio'n naturiol, ond erbyn heddiw, mae'n newid yn gynt nag erioed.

Newid hinsawdd
Mae'r Ddaear yn cynhesu, sy'n golygu bod yr iâ pegynol hwn yn toddi.

Beth sy'n effeithio ar hinsawdd?

Mae gan rannau gwahanol o'r Ddaear hinsawdd wahanol iawn. Gall llawer o ffactorau effeithio ar hinsawdd.

Pellter o'r cyhydedd
Mae tir sydd ymhellach i ffwrdd o'r cyhydedd yn oerach o lawer. Golyga cromliniau'r Ddaear fod pelydrau'r haul yn cael eu gwasgaru dros ardal fwy eang o dir yn agosach i'r pegynau.

Y cyhydedd
Llinell ddychmygol sy'n rhedeg yn llorweddol o gwmpas canol y Ddaear.

Yn aml, mae'r mynyddoedd wedi'u gorchuddio ag eira.

Uchder uwchben y môr
Po uchaf y tir uwchben y môr, isaf y tymheredd. Ar gopa mynydd Everest, dydy'r tymheredd byth yn codi uwchben y rhewbwynt!

> **WAW!**
> Mae gan ddinas **Sydney, AWSTRALIA, saith** microhinsawdd **wahanol.**

Ar lan y môr y mae tai haf fel arfer.

Gall gwyntoedd godi cymylau o'r cefnfor a'u cludo i'r tir.

Pellter o'r môr
Mae'r môr yn cynhesu ac yn oeri'n arafach o lawer na'r tir. O ganlyniad, mae llefydd ar lan y môr yn tueddu bod yn oerach yn yr haf a chynhesach yn y gaeaf.

Cyfeiriad y gwynt
Gall gwynt sy'n chwythu o'r môr achosi glawiad cyson, tra bod gwynt dros y tir yn gallu achosi microhinsawdd yn yr anialdir.

Hinsawdd drwy'r oesoedd

Mae hinsawdd y Ddaear wedi newid yn barhaus dros amser. Mae'r newidiadau yma wedi'u hachosi gan ddigwyddiadau naturiol, megis amrywiadau yng nghylchdro'r Ddaear o gwmpas yr haul, echdoriadau folcanig ac effaith meteorynnau. Er mwyn rhagweld newidiadau i'r dyfodol, gallwn ystyried beth sydd wedi digwydd i'n hinsawdd yn y gorffennol.

Effaith ddynol ar hinsawdd
Yn wahanol i newid hinsawdd yn y gorffennol, canlyniad gweithgareddau dynol yw'r cynnydd diweddaraf yn y tymheredd byd-eang. Mae llosgi tanwydd ffosil a datgoedwigo'n achosi cynnydd dramatig mewn allyriadau nwy tŷ gwydr (gweler tt. 8–9).

Chwalfa Pangea
300 miliwn o flynyddoedd yn ôl, roedd cyfandiroedd y Ddaear wedi'u huno fel un uwchgyfandir o'r enw Pangea. Wrth i blatiau tectonig y Ddaear ddechrau symud, dechreuodd Pangea wahanu. Achosodd symudiadau platiau tectonig echdoriadau folcanig a daeargrynfeydd hefyd.

Deinosoriaid ar y Ddaear
Wrth i Pangea ddechrau gwahanu, newidiodd hinsawdd y Ddaear hefyd. Disgynnodd y tymheredd a chynyddodd glawiad. Wrth i fwy o blanhigion dyfu, dechreuodd deinosoriaid grwydro'r tir. Dechreuodd nadroedd, pryfed a phlanhigion blodeuog ymddangos.

Oesoedd Iâ
Yn ystod Oes Iâ, mae haenau trwchus o iâ'n gorchuddio ardaloedd eang o dir. Mae sawl Oes Iâ wedi bod ar y Ddaear yn y gorffennol, weithiau'n para miliynau o flynyddoedd. Newidiodd iâ wyneb y Ddaear gan erydu tir a ffurfio nifer o lynnoedd ar y Ddaear.

Echdoriadau folcanig
Yn y gorffennol, mae echdoriadau folcanig ffrwydrol wedi newid hinsawdd y Ddaear. Wrth i fwg a lludw gael eu poeri o graterau o gwmpas y byd, cafwyd newid yn y tymheredd oherwydd newidiadau yn yr atmosffer.

Tua 252 miliwn o flynyddoedd yn ôl, digwyddodd difodiant torfol, neu'r Marw Mawr ar Pangea. Diflannodd y rhywogaethau oedd yn byw ar yr uwchgyfandir bron i gyd.

Wrth i'r tir barhau i wahanu, parhau i esblygu wnaeth y deinosoriaid. Ond bu farw llawer ohonyn nhw oherwydd y newidiadau i'r hinsawdd. Wedyn, 66 miliwn o flynyddoedd yn ôl, trawodd asteroid yn erbyn y Ddaear, gan achosi difodiant bob deinosor.

Roedd anifeiliaid oedd yn byw yn ystod Oes yr Iâ wedi addasu i'r amodau oer a sych iawn. Roedd gan famothiaid gwlanog wallt hir i'w cadw'n gynnes ac ysgithrau anferth i'w helpu i chwilio am fwyd o dan yr eira.

Cred gwyddonwyr mai echdoriadau folcanig mawr oedd achos diflaniad llwyr rhywogaethau yn y gorffennol. Wrth i'r amodau newid yn sydyn, doedd gan bethau byw ddim amser i addasu, felly roedden nhw'n marw.

Yr effaith tŷ gwydr

Mae'r nwyon yn yr atmosffer yn rhwydo gwres yr haul, yn union fel to ar dŷ gwydr. Heb yr effaith tŷ gwydr naturiol yma, byddai gorchudd o iâ dros y Ddaear – byddai'n rhy oer o lawer i fywyd allu bodoli.

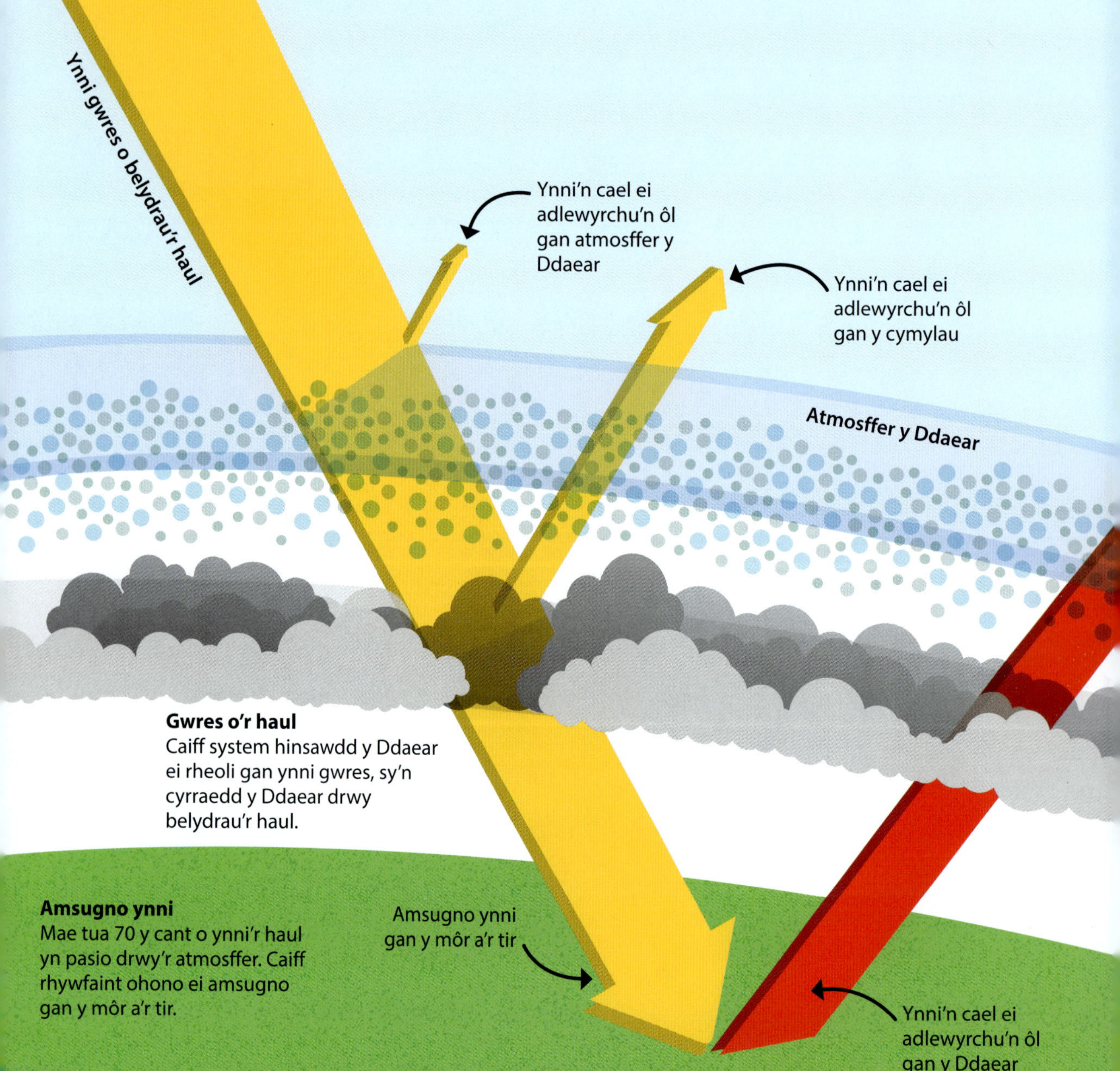

Ynni gwres o belydrau'r haul

Ynni'n cael ei adlewyrchu'n ôl gan atmosffer y Ddaear

Ynni'n cael ei adlewyrchu'n ôl gan y cymylau

Atmosffer y Ddaear

Gwres o'r haul
Caiff system hinsawdd y Ddaear ei rheoli gan ynni gwres, sy'n cyrraedd y Ddaear drwy belydrau'r haul.

Amsugno ynni
Mae tua 70 y cant o ynni'r haul yn pasio drwy'r atmosffer. Caiff rhywfaint ohono ei amsugno gan y môr a'r tir.

Amsugno ynni gan y môr a'r tir

Ynni'n cael ei adlewyrchu'n ôl gan y Ddaear

Cynyddu effaith tŷ gwydr

Mae gweithgareddau dynol, megis llosgi tanwydd ffosil a datgoedwigo, yn rhyddhau mwy a mwy o nwyon tŷ gwydr. O ganlyniad, mae'r gwres sy'n cael ei rwydo gan yr atmosffer yn cynyddu.

Adlewyrchu ynni
Caiff ychydig o ynni'r haul ei adlewyrchu'n ôl i'r gofod gan yr atmosffer, y cymylau, neu arwynebeddau llachar ar y Ddaear, megis eira ac iâ'r môr.

Ynni'n cael ei adlewyrchu i'r gofod

Rhwydo gwres
Mae nwyon tŷ gwydr yn yr atmosffer yn rhwydo'r ynni sy'n cael ei adlewyrchu'n ôl i'r Ddaear, gan gynyddu'r gwres byd-eang

Nwyon tŷ gwydr

Ynni'n cael ei rwydo gan nwyon tŷ gwydr cynnes

Beth yw cynhesu byd-eang?

Mae hinsawdd y Ddaear yn newid. Wrth i fodau dynol barhau i ryddhau nwyon tŷ gwydr i'r atmosffer, mae tymheredd cyfartalog y Ddaear yn cynyddu. Mae'r fath gynhesu byd-eang yn achosi tywydd eithafol, newidiadau i gynefinoedd naturiol, cynnydd yn lefel y môr ac yn cael sawl effaith arall.

Mae datgoedwigo eang yn achosi cynnydd mewn nwyon tŷ gwydr.

Nwyon tŷ gwydr

Mae rhai nwyon yn yr atmosffer yn rhwydo ynni o belydrau'r haul. Carbon deuocsid, methan, ocsid nitrus ac anwedd dŵr yw'r prif rai.

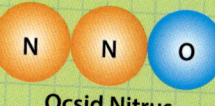
Ocsid Nitrus

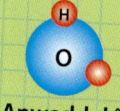
Anwedd dŵr

Methan

Carbon deuocsid

Carbon deuocsid yw'r nwy tŷ gwydr mwyaf cyffredin – a pheryglus.

Tanwydd ffosil

Yn y ddaear, o dan haen ar ôl haen o graig a mineralau eraill, mae cyflenwad o lo, olew a nwy naturiol wedi'u claddu. Cafodd y tanwyddau ffosil yma eu ffurfio gannoedd ar filiynau o flynyddoedd yn ôl o blanhigion ac anifeiliaid marw. Heddiw, mae llawer o ynni'r byd yn dod o'r tanwyddau yma. Ond mae llosgi cymaint o'r tanwyddau ffosil yma'n niweidio'r amgylchedd a'n hiechyd.

Llygredd

O'u llosgi mewn cyfansymiau mawr, mae tanwyddau ffosil yn rhyddhau nwyon tŷ gwydr niweidiol i'r atmosffer. Tanwyddau ffosil yw'r ffynhonnell fwyaf o garbon deuocsid, y nwy tŷ gwydr mwyaf cyffredin.

CO_2

Rigiau olew

Wrth i'r galw am olew gynyddu, mae cwmnïau'n edrych o dan wely'r môr am gyflenwadau olew. Peiriannau anferth yw'r rigiau, fel yr un yn y llun, sy'n drilio i mewn i'r ddaear i dynnu olew. Pan fydd damweiniau'n digwydd ar y rigiau, gall cefnforoedd ac arfordiroedd gael eu llygru.

CLUDIANT

Caiff tanwyddau ffosil eu cludo'n bell iawn o'r man y maen nhw'n cael eu tynnu o'r ddaear i'w man defnyddio. Gall damweiniau ddigwydd wrth gludo tanwydd tanadwy gan greu mwy o lygredd fyth.

Tancer mawr yn cario tanwydd

CLODDIO AM DANWYDD FFOSIL

Er mwyn cael glo, mae'n rhaid i lowyr gloddio'n ddwfn o dan y ddaear i'w gasglu. Ond mae hyn yn beryglus i bobl ac i'r amgylchedd, gyda'r risg o dirlithriadau, llifogydd a halogiad dŵr.

Ffracio

Defnyddir proses o'r enw ffracio i dynnu tanwyddau ffosil anodd eu cyrraedd. Gall hyn achosi nifer o broblemau, yn cynnwys daeargrynfeydd aml a halogiad dŵr.

Dyfodol anadnewyddadwy

Ar y gyfradd rydym yn ei ddefnyddio ar hyn o bryd, mae'n amlwg erbyn hyn mai dim ond mater o amser fydd hi nes i danwydd ffosil ddod i ben. Caiff tanwydd ffosil ei ffurfio dros gyfnod hir o amser, felly mae'n amhosibl cynhyrchu mwy yn sydyn.

Y Chwyldro Diwydiannol

Roedd y 18fed a'r 19eg ganrif yn gyfnod cyffrous o safbwynt dyfeisiadau gwych. Ond er mwyn cael pŵer i'r ffatrïoedd, llosgwyd glo, ac yn ddiweddarach, tanwyddau ffosil eraill, fel olew a nwy. Ers y Chwyldro Diwydiannol, mae cyfradd y nwyon tŷ gwydr yn yr atmosffer wedi codi i lefelau peryglus.

Mwg yn yr awyr
Byddai llawer o lygredd yn cael ei ryddhau i'r awyr o losgi tanwydd ffosil, yn cynnwys mwg a charbon deuocsid (CO_2).

Newidiadau yn ystod y Chwyldro Diwydiannol

Cafodd bywydau pobl o gwmpas y byd eu newid gan ddyfeisiadau newydd. Dyfeisiwyd y batri, y peiriant gwnïo a'r ffôn yn ystod y cyfnod hwn.

Gweithio mewn ffatri

Ffatrïoedd
Adeiladwyd ffatrïoedd enfawr i gynhyrchu nwyddau megis dillad, esgidiau, llestri a gwydr. Roedd y peiriannau newydd yn gyflymach na llafur dynol, gan olygu bod nwyddau yn rhatach, felly gallai mwy o bobl eu prynu.

Locomotif injan stêm

Trawsgludiad
Mewn injan stêm, caiff dŵr ei gynhesu mewn tanc mawr i greu stêm. Mae'r stêm yn helpu'r injan i symud. Cafodd injans eu defnyddio mewn ffatrïoedd a phyllau glo, ar drenau ac ar gychod stêm.

Yr haen oson

Mae sawl haenen i'r atmosffer sydd o gwmpas y Ddaear. Mae rhan o'r haenen stratosffer yn cynnwys oson. Er bod yr haenen oson yma'n denau, mae'n gweithredu fel tarian amddiffynnol drwy amsugno'r ymbelydredd uwchfioled niweidiol sy'n teithio i'r Ddaear o'r haul bron yn llwyr.

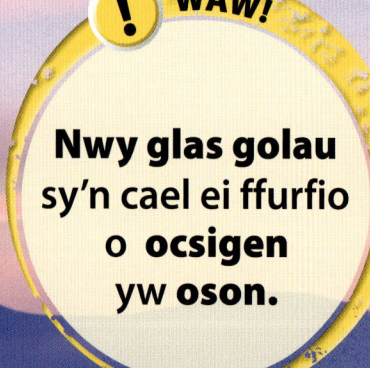

! WAW!

Nwy glas golau sy'n cael ei ffurfio o ocsigen yw oson.

Trwsio'r haen oson

Yn 1985, gwelwyd bod twll yn yr haen oson uwchben yr Antarctig. Yn dilyn gwaharddiad byd-eang ar nwyon clorofflwrocarbon (CFC) niweidiol, mae iechyd yr haen oson yn gwella'n gyflym.

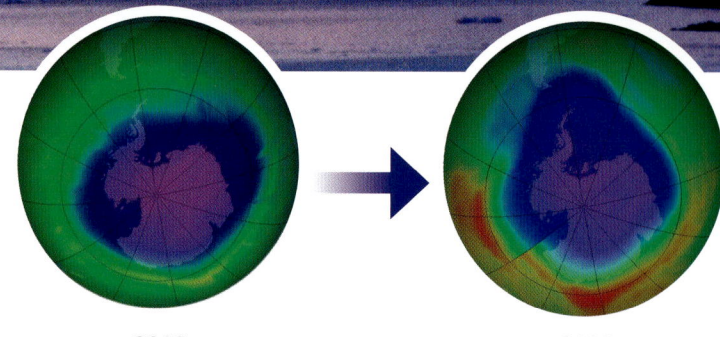

2010   2012

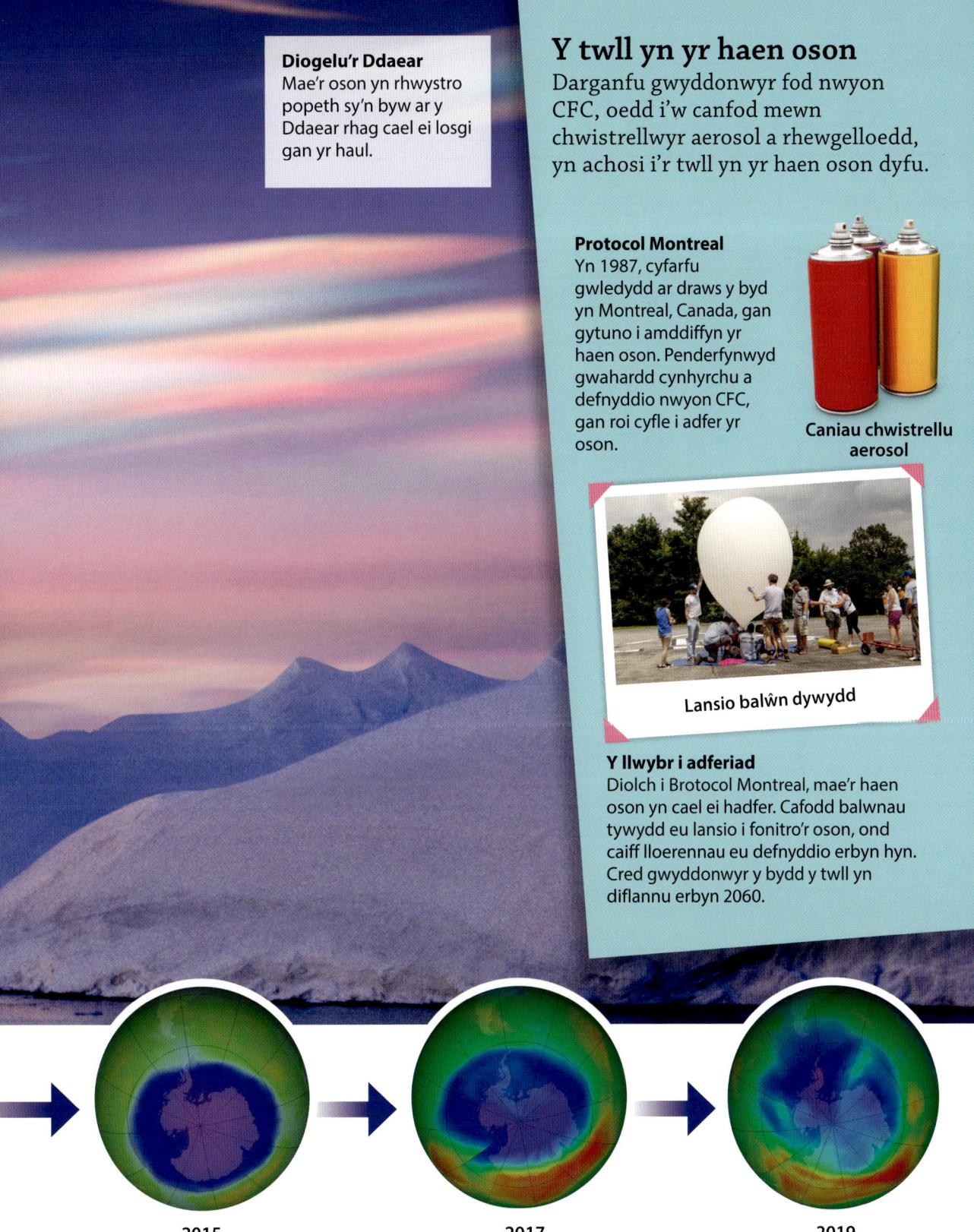

Diogelu'r Ddaear
Mae'r oson yn rhwystro popeth sy'n byw ar y Ddaear rhag cael ei losgi gan yr haul.

Y twll yn yr haen oson

Darganfu gwyddonwyr fod nwyon CFC, oedd i'w canfod mewn chwistrellwyr aerosol a rhewgelloedd, yn achosi i'r twll yn yr haen oson dyfu.

Protocol Montreal
Yn 1987, cyfarfu gwledydd ar draws y byd yn Montreal, Canada, gan gytuno i amddiffyn yr haen oson. Penderfynwyd gwahardd cynhyrchu a defnyddio nwyon CFC, gan roi cyfle i adfer yr oson.

Caniau chwistrellu aerosol

Lansio balŵn dywydd

Y llwybr i adferiad
Diolch i Brotocol Montreal, mae'r haen oson yn cael ei hadfer. Cafodd balwnau tywydd eu lansio i fonitro'r oson, ond caiff lloerennau eu defnyddio erbyn hyn. Cred gwyddonwyr y bydd y twll yn diflannu erbyn 2060.

2015   2017   2019

Trafnidiaeth

Teithio mewn cerbydau yw un o brif achosion newid hinsawdd. Dibynna'r rhan fwyaf o'n trafnidiaeth ar danwyddau ffosil, sy'n rhyddhau carbon deuocsid (CO_2) a nwyon llygrol eraill i'r atmosffer. O ganlyniad, mae pobl ledled y byd yn cael eu hannog i gerdded neu feicio.

Hedfan
Mae dros 100,000 o awyrennau'n gadael meysydd awyr o gwmpas y byd bob dydd! Mae hediadau o'r fath yn cyfrannu'n fawr at newid hinsawdd.

Trenau diesel
Nwyon niweidiol yn cael eu rhyddhau.

Mae trenau trydan yn cymryd lle trenau sy'n cael eu rhedeg ar danwyddau ffosil.

Ar y ffordd
Mae'r mwyafrif o geir petrol a diesel yn rhedeg ar danwydd ffosil, sy'n rhyddhau carbon deuocsid niweidiol i'r atmosffer. Mae ceir trydan yn fwy ecogyfeillgar am nad ydyn nhw'n achosi llygredd.

Teithio ar drên
Mae angen llawer o ynni ar y rheilffyrdd. Er bod llai o drenau'n defnyddio tanwydd ffosil yn eu hinjans nawr, mae teithio ar drên yn dibynnu ar drydan, sydd weithiau'n arwain at losgi tanwydd ffosil.

Mae ciwiau traffig yn creu llawer o lygredd.

Mae llongau cargo enfawr yn cludo ffrwythau, llysiau a bwydydd eraill o gwmpas y byd.

Milltiroedd bwyd

O edrych ar y milltiroedd y mae bwyd yn teithio o'r man lle mae'n cael ei dyfu i'r man mae'n cael ei fwyta, gallwn ystyried yr effaith y mae ein bwyd yn ei gael ar yr amgylchedd.

Ar y bws

Mae bysys yn cyfrannu'n fawr at lygredd aer, ond mae bws yn llawn teithwyr tua 10 gwaith yn llai llygrol na phetai pawb yn teithio mewn ceir unigol.

Trafnidiaeth lân

Mae poblogrwydd cerbydau sy'n rhedeg ar drydan a biodanwydd yn tyfu. Mae biodanwyddau, sydd wedi'u creu o ddeunyddiau adnewyddadwy a chynaliadwy, yn well o lawer i'r amgylchedd.

Tyfu tanwydd algâu

Faint o deithio sy'n creu 1 kg (2⅕ pwys) o CO_2?

Mae faint o garbon deuocsid sy'n cael ei ryddhau i'r atmosffer yn dibynnu ar y dull sy'n cael ei ddefnyddio i deithio. Edrycha ar y dulliau teithio yma. Pa un wyt ti'n ei ddefnyddio? Alli di greu llai o allyriadau CO_2?

4 km (2 filltir)	14 km (9 milltir)	24 km (15 milltir)

18 km (11 milltir)	15 km (9 milltir)	70 km (43 milltir)

Siopa

O ddyfeisiadau drud a dillad ffasiynol i becynnau bwyd tafladwy a gwellt yfed plastig, mae'r pethau rydym ni'n eu prynu'n cael effaith fawr ar yr amgylchedd. Mae adnoddau naturiol y Ddaear, cyflenwadau dŵr ac ecosystemau bregus yn dioddef yn sgil ein ffordd o fyw.

Mae ffatrïoedd yn creu cynnyrch i'w gludo ledled y byd.

Cynnyrch ffatri

Mae ffatrïoedd yn defnyddio llawer o ynni ac adnoddau i greu pentyrrau o bethau i'w gwerthu. Caiff y cynnyrch ei gludo i bob cwr o'r byd er mwyn i bobl allu ei brynu, gan greu mwy o nwyon tŷ gwydr.

Ffasiwn sydyn

Mae ffasiwn yn mynd a dod, ond mae'r effaith ar yr amgylchedd yn parhau am byth. Drwy greu cotwm a pholyester ar gyfer dillad, caiff llawer o nwyon tŷ gwydr eu rhyddhau, wrth i ddillad diangen gael eu hanfon i safleoedd tirlenwi.

Cae cotwm

Weithiau, mae llifynnau ffabrig yn cael eu harllwys i afonydd.

Mae sbwriel sy'n cael ei daflu allan yn cael ei gladdu mewn safleoedd tirlenwi.

> **WAW!**
> Yn Ffrainc, **does dim hawl gan siopau ddinistrio dillad a bwyd sydd heb eu gwerthu.** Mae'n rhaid iddyn nhw eu rhoi i elusennau.

Gwaredu gwastraff

Er ein bod ni'n dod yn fwy ymwybodol o ailgylchu, caiff gwastraff nad yw'n bosib ei ailddefnyddio na'i ailgylchu ei gladdu yn y ddaear. Dyma broblem enfawr, am nad yw gwastraff yn malu am gannoedd o flynyddoedd ac mae'n rhyddhau methan i'r atmosffer.

Atebion cynaliadwy

Drwy wneud newidiadau syml gallwn helpu'r amgylchedd. Er enghraifft, cyfnewid ffoil alwminiwm am bapur cwyr golchadwy, a photeli plastig defnydd sengl am boteli metel neu wydr y gellir eu hail-lenwi.

Mae ambell un, fel Bea Johnson sy'n ymgyrchydd amgylcheddol, yn gallu cadw gwastraff blwyddyn mewn un jar!

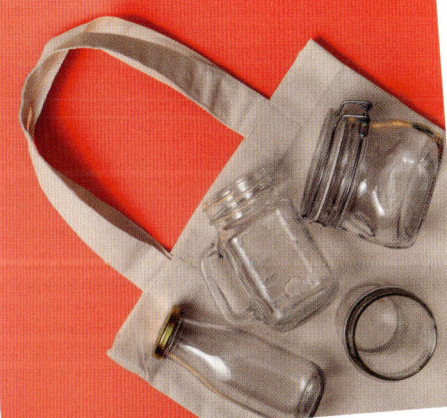

Mae ailddefnyddio jariau a bagiau'n helpu'r amgylchedd drwy leihau gwastraff defnydd sengl.

Pecyn bwyd cwyr

Bywyd sero-wastraff

Drwy leihau'r hyn rydym ni'n ei ddefnyddio ac ailddefnyddio cymaint â phosib, mae'n bosib byw bywyd sero-wastraff, heb anfon dim i safleoedd tirlenwi.

Datgoedwigo

Mae coedwigoedd ledled y byd dan fygythiad. Mae pobl yn torri coed ar raddfa frawychus, gan gael effaith ofnadwy ym mhob rhan o'r byd.

Storfeydd carbon

Ar wahân i'r cefnforoedd, coedwigoedd sy'n storio'r rhan fwyaf o garbon ar y Ddaear. Mae coed yn amsugno carbon deuocsid, gan ei rwystro rhag cyrraedd yr atmosffer ac achosi newid hinsawdd.

Mae coedwigoedd yn gorchuddio dros 30 y cant o dir y Ddaear.

Llun lloeren o'r Amazon.

Coedwig law yr Amazon

Yr Amazon yw coedwig law fwya'r byd. Yn anffodus, mae dros 20 y cant o'r Amazon wedi'i dinistrio gan bobl, ac mae'r gyfradd ar gynnydd.

Clirio'r tir

Mae ardaloedd eang o'r goedwig yn cael eu clirio i greu tir pori i wartheg. Caiff tir ei ddefnyddio hefyd ar gyfer planhigfeydd, megis olew soi a phalmwydd, gan ddinistrio cynefinoedd anifeiliaid.

Torri coed

Mae coed yn cael eu torri ar gyfer pren a mwydion, sy'n cael eu defnyddio i greu papur, dodrefn, deunydd adeiladu, tanwydd a chynhyrchion eraill.

I lawr â chi!

Safleoedd adeiladu

Yn aml, mae miloedd o goed yn cael eu clirio i adeiladu ffyrdd, cronfeydd dŵr, tai a mannau gwyliau. Mae torri coed yn rhoi mwy o bwysau fyth ar yr amgylchedd.

Erydiad pridd

Mae gwreiddiau coed yn dal pridd yn ei le, gan helpu i'w amddiffyn rhag cael ei erydu gan ddŵr glaw. O dorri coed i lawr, mae'r pridd yn cael ei olchi i ffwrdd yn rhwydd. O ganlyniad, gall afonydd gael eu blocio gan achosi llifogydd a halogi dŵr.

Ailgoedwigo

Mae plannu mwy o goed yn gam pwysig yn ein brwydr yn erbyn newid hinsawdd. Gall adfywio ardaloedd o'r goedwig sydd wedi'u clirio rwystro erydiad pridd pellach, hybu cynefinoedd, a lleihau faint o garbon deuocsid sydd yn yr atmosffer.

Plannu coed newydd i rwystro newid hinsawdd

Ôl troed bwyd

Beth bynnag rwyt ti'n ei fwyta, mae dy fwyd yn cael effaith ar yr amgylchedd. Mae'n bosib mesur hyn drwy ddefnyddio ôl troed bwyd. Er bod llawer o'r prosesau cynhyrchu bwyd yn anweledig i'r cwsmer, maen nhw'n gallu cael effaith fawr ar ein pridd, dŵr ac aer.

Cnydau bwyd

Er ei fod yn brif fwyd pwysig i lawer, reis sy'n achosi fwyaf o allyriadau nwyon tŷ gwydr. Mae'r caeau reis gwlyb yn creu llawer o fethan, sy'n nwy tŷ gwydr pwerus.

Mae caeau reis hefyd yn rhyddhau ocsid nitrus, sy'n cael ei alw hefyd yn nwy chwerthin.

Mae gwartheg yn gollwng methan wrth dorri gwynt. Ar gyfartaledd, gall un fuwch ollwng hyd at 200 litr (53 galwyn) o fethan y flwyddyn.

Ffermio da byw

Magu anifeiliaid ar gyfer bwyd – cig, wyau a llaeth – yw un o brif achosion datgoedwigo a halogi dŵr. Caiff coed eu torri i greu lle i wartheg bori. Ffermio da byw sy'n cael y bai am 14.5 y cant o'r allyriadau tŷ gwydr ledled y byd.

! WAW!

Mae angen dros **1,000 litr (264 galwyn)** o ddŵr i gynhyrchu **brest cyw iâr**. Mae hynny'n fwy na **12 llond bath**!

Newid deiet

Gall prynu cig wedi'i fagu'n lleol a bwyta llysiau a ffrwythau yn eu tymor fod yn ffordd dda o ddechrau'r frwydr yn erbyn newid hinsawdd. Gall rhai bwydydd o blanhigion effeithio llai ar yr amgylchedd na'r rhai sy'n dod o anifeiliaid.

Mae'r peli falafel blasus yma wedi'u gwneud o wygbys a pherlysiau.

Gosod her i ti dy hun i wastraffu llai o fwyd bob wythnos.

Gwastraff bwyd

P'un ai ar ffermydd neu gychod pysgota, mewn archfarchnadoedd neu fwytai, mae bwyd yn cael ei wastraffu ar hyd pob cam o'r gadwyn gynhyrchu. Wrth wastraffu bwyd, rydym hefyd yn gwastraffu'r ynni a'r dŵr a ddefnyddiwyd i'w gynhyrchu.

Ffynonellau protein amgen

Mae dau biliwn o bobl ledled y byd yn bwyta pryfed, ac mae'r ffynhonnell amgen hon o brotein yn dod yn fwy poblogaidd. Mae angen llai o dir, dŵr a bwyd ar bryfed nag anifeiliaid fferm.

Protein yw 64% o gorff cricsyn.

Argyfwng y pegynau

Wrth i'r tymheredd byd-eang godi, mae pegynau'r Ddaear yn cynhesu'n gynt nag unrhyw le arall ar y blaned. Mae eira, iâ môr a rhewlifau'n diflannu yn ardal y pegynau gan effeithio ar weddill y byd, a bygwth bywydau nifer o anifeiliaid a phobl.

Mae iâ môr yn toddi'n bryderus o gyflym.

Yr Arctig

Mae'r Arctig dan fygythiad oherwydd cynnydd yn y tymheredd. Mae anifeiliaid yn colli eu cartrefi a'r bobl sy'n byw yno'n teimlo effaith y newid.

Brwydr i oroesi
Am fod yr iâ'n toddi, mae bywydau anifeiliaid fel yr arth wen mewn perygl.

Mae cynefinoedd anifeiliaid yn toddi.

Yr Antarctig

Mae tymheredd uwch yn achosi i rewlifoedd doddi. Mae llai o gril ac anifeiliaid môr bach yn yr Antarctig ac mae hyn yn bygwth bywydau morfilod, morloi a phengwiniaid, sy'n eu bwyta i oroesi.

Sgil-effeithiau byd-eang

Wrth i iâ'r tir doddi, mae lefel y môr yn codi gan fygwth tir isel ac arfordiroedd. Gall newidiadau yn y pegynau hefyd achosi newidiadau i batrymau hinsawdd a thywydd dros y byd.

Swigod methan yn y dŵr

Mae methan yn cael ei ryddhau i'r atmosffer wrth i doddi ddigwydd, gan ychwanegu at yr effaith tŷ gwydr.

Morfeirch yn yr Arctig

Cynefin

Mae nifer o anifeiliaid yn dibynnu ar iâ môr i oroesi. Wrth i'w cynefin newid a diflannu, mae morfeirch, eirth gwyn, morloi a phengwiniaid o dan fygythiad.

WIR?

Mae disgwyl i'r ardal o **dir dan eira yn yr Arctig** leihau o **10–20 y cant** dros y 70 mlynedd nesaf.

Newid yn lefel y môr

Mae cynnydd byd-eang mewn tymheredd yn achosi i lefel y môr godi. Wrth i'r Ddaear gynhesu, mae llenni iâ a rhewlifau'n toddi, gan ychwanegu mwy o ddŵr i'r môr. Y newid dramatig yn lefel y môr yw un o effeithiau mwyaf pryderus newid hinsawdd.

Ehangu thermol
Wrth i ddŵr gynhesu, mae'n ehangu. Wrth i newid hinsawdd achosi i dymheredd y Ddaear godi, mae'r cefnforoedd yn cynhesu ac yn mynd yn fwy. Golyga hyn fod lefel y môr yn codi'n uwch.

Dŵr tawdd
Yn ogystal ag yn y môr, mae llawer o iâ ar y tir ar ffurf llenni iâ a rhewlifau. Wrth i'r tymheredd byd-eang godi, mae iâ tir yn dechrau toddi. Dŵr tawdd yw'r enw ar hwn. Wrth i iâ tir doddi, gall trefi orlifo.

Mae'r cynnydd mewn tymheredd yn achosi i iâ doddi a dŵr ehangu.

Iâ ar dir yn toddi i mewn i'r môr.

> **! WAW!**
> Ar y gyfradd bresennol, bydd **lefel y môr yn codi 65 cm (26 modfedd)** erbyn 2100.

Amsugno carbon deuocsid

Wrth i fwy o garbon deuocsid gyrraedd yr atmosffer, mae'r cefnforoedd yn ei amsugno. O gyrraedd pwynt pan na ellir amsugno mwy o nwy, bydd lefelau'r carbon deuocsid yn yr atmosffer yn cynyddu ymhellach.

Mae'r cefnforoedd yn amsugno CO_2.

Colli cynefin

Mae newidiadau yn lefel y môr yn cael effaith ddinistriol ar fywyd gwyllt, gan achosi colli cynefin, anhawster i oroesi a newidiadau drastig yn y cyflenwad bwyd.

Mae anifeiliaid yn colli eu cynefin.

Arafu cerrynt y cefnforoedd

Wrth i iâ môr doddi, mae'n achosi cynnydd yn y dŵr croyw oer sy'n llifo yn ein cefnforoedd. Mae'n tarfu ar gylchrediad dŵr hallt gan arafu cerrynt y cefnforoedd. Gall y fath arafu effeithio ar ein tywydd ac ar y bywyd môr.

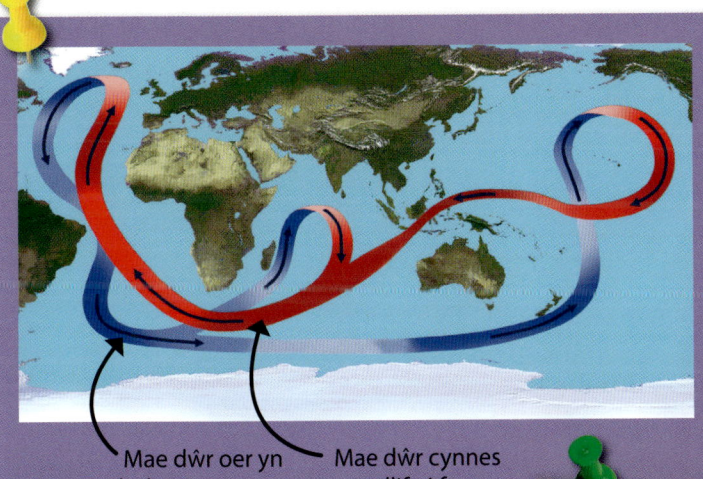

Mae dŵr oer yn dod o'r pegynau.

Mae dŵr cynnes yn llifo i fyny o ardal y trofannau.

Corwyntoedd a seiclonau trofannol

Disgwylir i dymheredd uwch y cefnforoedd a lefel uwch y môr gryfhau corwyntoedd a seiclonau trofannol, ac felly achosi mwy o ddifrod o lawer wrth gyrraedd y tir.

Mae newid hinsawdd yn achosi tywydd eithafol.

27

Ynysoedd yn suddo

Wrth i'r tymheredd byd-eang barhau i godi, mae lefel y môr yn codi hefyd. Mae cannoedd o filiynau o bobl ledled y byd dan fygythiad am eu bod nhw'n byw ar ynysoedd ac mewn ardaloedd arfordirol isel.

Ynysoedd Tuvalu

Mae ardaloedd tir isel yn boddi oherwydd lefelau môr uwch ac erydu arfordirol. Mae dwy o naw ynys Tuvalu ar fin cael eu llyncu gan y môr. Tuvalu yw pedwaredd cenedl leiaf y byd gydag ond 11,000 o bobl yn byw yno.

FFEIL-O-FFAITH

» **Nifer o ynysoedd:** Tair ynys gwrel a chwe gwir gylchynys

» **Lleoliad:** Ynysoedd y De, Y Môr Tawel

FFEIL-O-FFAITH

» **Nifer o ynysoedd:** Cadwyn o 26 gylchynys

» **Lleoliad:** De Asia, Môr India

Y Maldifau

Ar y raddfa mae lefel y môr yn codi ar hyn o bryd, gall y Maldifau fod o dan ddŵr erbyn 2100. Mae'r ynysoedd cwrel bychain yn cael eu gorlifo oherwydd digwyddiadau tywydd eithafol.

Mae gan grwbanod gwyrdd y môr lai o lefydd i ddodwy eu hwyau.

28

Y Seychelles

Mae'r grŵp yma o ynysoedd yn suddo. Mae tymheredd y cefnforoedd yn codi'n cael effaith ddinistriol ar y riffiau cwrel. Mae'r bobl a'r bywyd gwyllt sy'n byw yn y Seychelles dan fygythiad o golli eu cartrefi.

Telor sy'n byw ar Ynys Aride, y Seychelles.

FFEIL-O-FFAITH

» **Nifer o ynysoedd:** 115 ynys

» **Lleoliad:** De Asia, Môr India

FFEIL-O-FFAITH

» **Nifer o ynysoedd:** Mwy na 900 o ynysoedd

» **Lleoliad:** Ynysoedd y De, Y Cefnfor Tawel

Ynysoedd Solomon

Mae pum ynys fach wedi diflannu oherwydd erydiad a lefel y môr yn codi, ac mae arfordir chwech arall wedi lleihau tipyn. Mae dros hanner miliwn o bobl yn byw ar Ynysoedd Solomon.

Arfordiroedd y dyfodol

Mae newid hinsawdd yn effeithio ar ardaloedd arfordirol y byd mewn sawl ffordd. Gyda lefel y môr a thymheredd y cefnforoedd yn codi a stormydd amlach, mae'r effaith ar yr arfordiroedd yn ddinistriol. Mae dyfodol ein harfordiroedd yn ansicr, a bywydau pobl a bywyd gwyllt dan fygythiad.

Erydiad arfordirol

Mae erydiad arfordirol yn cyflymu. Mae'r môr yn amlyncu'r tir, gan niweidio adeiladau ac isadeiledd, ac mae costau trwsio'r difrod yn sylweddol. Wrth i lefel y môr godi, mae effaith erydiad arfordirol yn anodd i'w rhagweld.

Arfordir Aur, Awstralia
Mae tywod wedi'i osod mewn rhannau bregus o'r traeth fel clustog yn erbyn stormydd ac erydiad arfordirol i'r dyfodol.

Arfordiroedd yn newid

Gyda dros 600 miliwn o bobl yn byw mewn ardaloedd arfordirol sy'n is na 10 m (33 tr) uwch lefel y môr, mae angen amddiffyn llawer o arfordiroedd yn erbyn effaith newid hinsawdd.

Adeiladau yn Efrog Newydd, UDA
Mewn ymateb i stormydd a lefel y môr yn codi, bydd amddiffynfeydd arfordirol yn sicrhau bod adeiladau a draeniad yn gallu dygymod â gorlifo cyson.

Erydiad afon yn Bangladesh
Mae ymchwilwyr wedi awgrymu'r syniad o adeiladu cartrefi sy'n gallu arnofio pan fydd tir yn cael ei erydu. Gallai'r cartrefi gael eu hadeiladu i ddygymod â digwyddiadau tywydd eithafol.

Yr Injan Dywod, Yr Iseldiroedd
Mae'r Injan Dywod yn gollwng tywod ar hyd yr arfordir i ddiogelu tir isel rhag dŵr y môr.

Cannu cwrel

Mae riffiau cwrel sydd wedi'u creu o sgerbydau cwrel dan fygythiad ledled y byd. Wrth i gefnforoedd y Ddaear gynhesu oherwydd newid hinsawdd, mae'r algâu sy'n darparu bwyd i'r cwrel yn cael eu gyrru i ffwrdd. Mae'r cwrel yn troi'n wyn ac yn gwanhau.

Y Barriff Mawr
Mae'r cannu sy'n digwydd yn riff cwrel mwya'r byd wedi arwain at bysgod, crwbanod ac adar môr yn colli eu cynefinoedd.

Algâu
Rhain sy'n rhoi lliw i'r cwrel ac yn rhoi bwyd iddyn nhw. Mae'r cwrel yn gwaredu'r algâu os yw'r dŵr yn rhy gynnes. Cannu yw'r enw ar hyn.

Rîff iach
Anifeiliaid yw cwrel, nid planhigion! Drwy ffurfio riffiau, dyma rai o'r pethau byw mwyaf o ran maint ar y Ddaear.

Effaith ar bobl

Mae miliynau o bobl yn dibynnu ar riffiau cwrel. Maen nhw'n amddiffyn arfordiroedd rhag llifogydd a chael eu treulio gan y tonnau. Caiff y bywyd môr sy'n dibynnu ar gwrel am fwyd neu gysgod eu bwyta gan lawer o bobl. Defnyddir cwrel, a'r planhigion a'r anifeiliaid sy'n byw ynddo, ei ddefnyddio hefyd i greu meddyginiaethau. Os yw'r cwrel yn cael ei niweidio neu'n marw, gall effeithio ar iechyd a chartrefi pobl a'u gallu i gael bwyd.

Gall cannu'r cwrel arwain at lai o bysgod i'w dal.

Bywyd y môr
Mae riffiau cwrel yn gartref i 25 y cant o bob rhywogaeth forol ar y Ddaear. Os yw'r rîff yn marw, bydd llawer o'r rhain yn colli eu cartrefi.

Rîff wedi cannu
Mae cwrel heb algâu'n gwynnu. Mae'n wannach heb ei brif ffynhonnell fwyd ac yn fwy tebygol o gael ei heintio neu farw.

Digwyddiadau tywydd eithafol

Mae newidiadau yn hinsawdd y Ddaear yn sbarduno amrywiadau mewn patrymau tywydd. Mae digwyddiadau tywydd eithafol – megis tywydd poeth iawn, sychder, stormydd a llifogydd – yn dod yn fwy cyffredin a dwys, gydag effaith annisgwyl a niweidiol.

! WOW!
Mae naw o'r deg blwyddyn boethaf erioed wedi digwydd ers 2005.

Tywydd poeth iawn

Weithiau, ceir cyfnodau o dywydd anarferol o boeth dros nifer o ddiwrnodau neu wythnosau. Mae tywydd o'r fath yn beryglus iawn i bobl ifanc iawn, henoed, neu'r rhai sy'n dioddef o broblemau iechyd.

Stormydd eira a chesair

Mae newid hinsawdd wedi achosi i atmosffer y Ddaear gynhesu. Mae atmosffer cynhesach yn dal mwy o ddŵr. Wrth i'r tywydd oeri, ceir stormydd eira a chesair am fod mwy o ddŵr wedi'i storio yn yr atmosffer yn barod i'w ryddhau. Gall cesair achosi cryn dipyn o niwed a pherygl.

Llifogydd

Mae atmosffer cynhesach yn storio mwy o leithder, gan achosi glawiad mwy difrifol. Felly mae'r tebygrwydd o lifogydd, yn cynnwys llifogydd, fflachlifau dwys ac annisgwyl, yn ogystal â llifogydd ar yr arfordir, yn llawer uwch.

Sychder

Digwydd sychder adeg cyfnod hir o dywydd anarferol o sych a diffyg glaw. Gall arwain at nifer o broblemau hir dymor i anifeiliaid a phobl, yn cynnwys prinder dŵr a difrod i ffynonellau bwyd.

Stormydd trofannol

Mae tymheredd arwyneb uwch yn y cefnforoedd a dŵr yn yr atmosffer yn achosi stormydd trofannol dwysach. Mae newid hinsawdd hefyd yn golygu bod mwy o ardaloedd i'r gogledd o'r cyhydedd yn eu hwynebu.

Garddio

Gall tyfu dy lysiau dy hunan fod yn gam mawr ymlaen wrth helpu i achub y blaned. Gallwn ni leihau'r llygredd a'r gwastraff plastig sy'n cael ei gynhyrchu heb yr angen i gludo bwyd o gwmpas y byd. Dechreua'n syml drwy dyfu'r tomatos yma.

Hau
Llenwa'r hambwrdd hadau â chompost hadau. Gwasgara'r hadau tomato ar y compost a'u gorchuddio â 6 mm (¼ modfedd) arall o gompost. Cadwa'r hadau mewn man cynnes. Pan fydd yr hadau'n dechrau egino, symuda nhw i fan heulog.

Trawsblannu
Pan fydd y planhigion yn barod, symuda ddau neu dri ohonyn nhw o'r hambwrdd hadau i gynhwysydd mawr gyda thyllau draeniad, a'i lenwi â chompost. Gwasga'r compost o amgylch y planhigion gan sicrhau dy fod wedi cuddio'r gwreiddiau i gyd.

Compostio

Mae creu dy gompost dy hun yn ffordd ardderchog o ddefnyddio hen grafion llysiau, porfa, dail a chardfwrdd. Dal ati i lenwi dy bin compost â gwastraff cegin a gardd. Wedi iddo bydru, rho ychydig gompost i dy blanhigion i'w helpu i dyfu.

Paid â rhoi baw cath na chi, clytiau babi, cylchgronau, bwyd wedi'i goginio, olew, cig na physgod yn y bin.

Llysiau eraill i'w tyfu

Beth am roi cynnig ar y llysiau blasus yma hefyd? Os nad oes gardd gennyt ti, beth am dyfu nifer o lysiau salad mewn potiau ar sil ffenest neu falconi?

Defnyddia goedyn i gryfhau dy blanhigyn.

Tyfu moron

Moron
Yn y gwanwyn neu'r hydref, planna foron mewn rhesi 30–60 cm (1–2 tr) ar wahân. Dylid plannu hadau tua 1.25 cm (½ modfedd) o ddyfnder a 2.5–5 cm (1–2 modfedd) ar wahân.

Tynna'r moron tua 12 wythnos ar ôl eu plannu.

Gwell eu bwyta'n fuan.

Tyfu rhuddygl

Cynaeafu
Rho'r planhigion 'nôl mewn man heulog a'u dyfrio wrth iddyn nhw dyfu. Pan fydd ffrwythau bychain yn dechrau ymddangos, rho fwyd tomato i'r planhigion i'w helpu i aeddfedu. Tynna nhw pan fyddan nhw wedi cochi.

Rhuddygl
Planna'r hadau tua 3 cm (1 fodfedd) ar wahân, a thua 1 cm (½ modfedd) o ddyfnder. Cadwa'r pridd yn llaith – maen nhw'n tyfu'n sydyn. Bydd dy ruddygl yn barod i'w tynnu ymhen tair neu bedair wythnos.

Bywyd anifeiliaid

Mae llawer o anifeiliaid ar hyd y a lled y byd yn cael eu heffeithio gan newid hinsawdd. Bydd tymheredd uwch, cynnydd yn lefel y môr a newidiadau yn y tywydd yn cynnig heriau newydd o ran goroesi, yn cynnwys colli cynefin a newidiadau mewn argaeledd bwyd. A fydd bywyd gwyllt yn gallu addasu?

! WOW!

Erbyn y flwyddyn **2100**, gallai hyd at **50 y cant** o bob **rhywogaeth ddiflannu** oherwydd newid hinsawdd.

Mêl-gropwyr Hawaii

Mae'r mêl-gropwyr yn byw yn uchelderau Hawaii, ac maen nhw fel arfer yn cael eu hamddiffyn gan y tymheredd claear. Wrth i'r tymheredd godi, mae mosgitos sy'n cario malaria'n cnoi ac yn lladd yr adar lliwgar yma.

Eliffantod Asiaidd

Mae eliffantod Asiaidd yn sensitif i dymheredd uchel. Mae newid hinsawdd yn ei gwneud hi'n fwy anodd iddyn nhw ddod o hyd i ddigon o ddŵr i oroesi wrth i ffynonellau dŵr sychu.

Cymryd rhan

Bob blwyddyn yn y DU, mae cymdeithas gwarchod adar yr RSPB yn cynnal ymgyrch y Big Garden Birdwatch. Dyma arolwg bywyd gwyllt mwya'r byd. Mae cyfrif a chofnodi'r adar sydd i'w gweld yn eich gardd neu ardal leol yn galluogi gwyddonwyr i weld pa adar sy'n gwneud yn dda a pha rai sydd dan fygythiad. Mae cymryd rhan yn bwysicach fyth wrth i ni wynebu newid hinsawdd.

Dim ond llyfr nodiadau, pensil a binocwlars sydd eu hangen arnat. Gofynna i oedolyn dy helpu a chymer ofal.

Crwbanod môr

Mae lefelau uwch y môr a thymheredd uwch yn cael effaith ddinistriol ar rywogaethau sydd mewn perygl. Mae llai o draethau i ddodwy wyau, tywod yn cynhesu a riffiau cwrel yn cannu yn effeithio ar eu siawns o oroesi.

Pengwiniaid Adélie

Mae pengwiniaid Adélie yn byw ar greaduriaid môr bach o'r enw cril, sy'n cysgodi o dan iâ'r Antarctig. Wrth i'r iâ doddi, all y cril ddim goroesi. Mae'n rhaid i'r pengwiniaid deithio ymhellach i ddod o hyd i fwyd, sy'n golygu bod yn rhaid i'r cywion aros yn hirach am fwyd.

Mudwyr hinsawdd

Mae effaith newid hinsawdd yn gorfodi pobl o'u cartrefi, o'u dinasoedd a hyd yn oed o'u gwledydd. Mae lefel uwch y môr, digwyddiadau tywydd eithafol, sychder a phrinder dŵr yn dinistrio cymunedau. Y tebygrwydd yw y bydd mwy fyth o bobl yn cael eu gorfodi i fudo (symud i le newydd).

Califfornia
Ledled Califfornia, mae lefelau uwch y môr, tymheredd uwch a thanau gwyllt eithafol yn gorfodi pobl i adael eu cartrefi a symud i rywle arall.

Yn 2017 bu dros 8,000 o swyddogion tân yn brwydro'r fflamau yng Nghalifformia.

Periw
Mae tymheredd uwch yn achosi i rewlifau Periw doddi. Wrth i lynnoedd gerllaw chwyddo oherwydd dŵr tawdd, mae'r bobl sy'n byw gerllaw mewn perygl mawr o lifogydd.

Rhewlif Pastoruri ym mynyddoedd y Cordillera Blanca, Periw, sy'n cilio'n raddol.

Mae miliynau o bobl yn Bangladesh yn cael eu heffeithio gan lifogydd.

Bangladesh
Mae ardaloedd arfordirol Bangladesh yn dioddef llifogydd a theiffwnau (stormydd trofannol) yn gyson. Mae'r rhain yn digwydd yn amlach wrth i lefel y môr godi. Mae llawer o bobl Bangladesh wedi mudo i'r brifddinas, Dhaka, i ddianc rhag effaith cynhesu byd-eang.

Ynys Gavutu, Ynysoedd Solomon

Ynysoedd y Cefnfor Tawel
Mae ynysoedd tir isel yn cael eu heffeithio gan lefel y môr yn codi, erydiad arfordirol a mwy o lifogydd. Mae mwy na 40 y cant o drigolion yn rhagweld y byddan nhw'n symud i wlad arall cyn hir.

UNHCR
Mae Uchel Gomisiynydd y Cenhedloedd Unedig dros Ffoaduriaid (UNHCR) yn gweithredu i gefnogi'r rhai sy'n cael eu heffeithio gan dymheredd byd-eang uwch.

Mae Llyn Chad yn ffynhonnell ddŵr i filiynau o bobl.

Gorllewin Affrica
Mae'r cynnydd yn y boblogaeth, y cynnydd o ran y dŵr sy'n cael ei ddefnyddio i dyfu bwyd, a newid hinsawdd oll wedi cyfrannu at leihad o 90 y cant ym maint Llyn Chad. Wrth i'r amodau barhau i waethygu, mae'n bosib y bydd yn rhaid i bobl fudo.

Gwersyll ffoaduriaid yr UNHCR

Ôl troed carbon

Mae bron popeth rydym yn ei wneud yn gollwng carbon i'r atmosffer, o yrru car i brynu bwyd. Mesur o gyfanswm y carbon deuocsid rwyt ti'n ei ollwng wrth wneud gweithgareddau bob dydd yw dy ôl troed carbon. Beth am leihau dy ôl troed carbon drwy gerdded i'r ysgol neu'r parc neu'r siop?

Diffodd y trydan
Gall diffodd golau a phlygiau leihau cryn dipyn ar faint o drydan sy'n cael ei ddefnyddio, gan olygu bod llai o garbon deuocsid yn cael ei gynhyrchu.

Prynu'n lleol
Gall prynu bwyd sy'n cael ei dyfu'n lleol leihau dy ôl troed carbon. Mae cludo bwyd dros bellter mawr yn gollwng llawer o garbon deuocsid i'r atmosffer.

WIR?

Ar raddfa fyd-eang, rydym yn rhyddhau dros 1,130,000 kg (tua 2,500,000 pwys) **o garbon deuocsid** bob eiliad.

Trafnidiaeth gynaliadwy

Mae cerdded, beicio neu ddefnyddio trafnidiaeth gyhoeddus yn ffyrdd ecogyfeillgar o deithio, am eu bod yn achosi llai o lygredd.

Ôl troed ecolegol

Mae dy ôl troed ecolegol yn fesur o faint o adnoddau naturiol y Ddaear rwyt ti'n eu defnyddio i gynnal dy ffordd o fyw. Mae hyn yn cynnwys faint o dir a dŵr sydd angen i greu'r pethau rwyt ti'n eu defnyddio, fel bwyd, papur ac ynni.

Beth rwyt ti'n ei fwyta

Gall bwyta cig a chynnyrch llaeth lleol fod yn ffordd syml o leihau dy allyriadau carbon. Gallai deiet lysieuol neu fegan leihau dy ôl troed carbon os yw'r cynnyrch yn dymhorol ac wedi'i dyfu'n lleol.

Ymgyrchwyr amgylcheddol

Mae pobl yn bwysig yn y frwydr yn erbyn newid hinsawdd. Mae rhai unigolion wedi cefnogi cynlluniau i helpu lleihau ein heffaith ar yr amgylchedd, tra bod eraill wedi annog pobl i stopio niweidio'r Ddaear. Gall pawb wneud rhywbeth bob dydd i helpu lleihau newid hinsawdd.

George Monbiot, Y Deyrnas Unedig
Ers rhwystro coeden rhag cael ei thorri i lawr pan oedd yn wyth oed, mae George Monbiot wedi ysgrifennu sawl llyfr am bwysigrwydd yr amgylchedd. Mae wedi galw am wneud rhywbeth ar frys i rwystro newid hinsawdd.

Leonardo DiCaprio, UDA
Defnyddiodd yr actor Leonardo DiCaprio ei enwogrwydd i godi llais yn erbyn newid hinsawdd. Mae'n mynychu protestiadau'n aml ac mae wedi sefydlu grŵp i gefnogi cynlluniau sy'n cynnig atebion i newid hinsawdd.

Y Fargen Werdd Newydd

Yn 2008, lluniodd ymgyrchwyr restr o newidiadau y gallai gwledydd eu gwneud i helpu'r amgylchedd. Dyma oedd y Fargen Werdd Newydd. Roedd y rhestr yn cynnwys trafnidiaeth, gweithgynhyrchu ac adeiladau glân neu ynni-effeithlon.

Mae rhai gwleidyddion yn UDA wedi dadlau o blaid y Fargen Werdd Newydd.

Greta Thunberg, Sweden

Yn 15 oed, dechreuodd Greta Thunberg beidio â mynd i'r ysgol er mwyn protestio yn erbyn newid hinsawdd y tu allan i senedd Sweden yn 2018. Mae ei hareithiau wedi ysbrydoli miliynau i fod yn rhan o ymgyrch #climatestrike. Ym mis Awst 2019, teithiodd ar gwch hwylio wedi'i phweru gan yr haul i UDA i roi araith am ei bod eisiau i'w thaith fod yn sero-garbon.

Ma Jun, China

Wedi iddo sylwi ar lefelau llygredd uchel yn Beijing, prifddinas ei wlad, sefydlodd Ma Jun gynllun i fonitro'r aer yno. Mae wedi ysgrifennu llyfrau am effeithiau llygredd, ac wedi codi ymwybyddiaeth o'r broblem.

Vandana Shiva, India

Dechreuodd Vandana Shiva fudiad cenedlaethol yn India i hybu ffermio oedd yn ecogyfeillgar a chael ei disgrifio fel arwres amgylcheddol gan gylchgrawn *Time* yn 2004.

Streiciau ysgol

Mae miliynau o blant ysgol ledled y byd yn gorymdeithio dros eu dyfodol. Wedi cael llond bol ar aros i wleidyddion weithredu, mae plant yn mynnu bod rhywbeth yn cael ei wneud ar unwaith i daclo'r argyfwng hinsawdd. Wrth i'r streiciau ysgol barhau i dyfu, a fydd y byd yn dechrau gwrando?

! WAW!

Yn 2019, bu **185 O WLEDYDD** yn rhan o'r Streic Hinsawdd Byd-eang.

#FridaysForFuture

Yn hytrach na mynd i'r ysgol ar ddydd Gwener, eisteddodd Greta Thunberg y tu allan i senedd Sweden. Aeth #FridaysForFuture yn feirol wrth i blant ledled y byd ymuno â hi.

Codi llais
Mae areithiau Greta Thunberg wedi ysbrydoli pobl o gwmpas y byd.

Dweud eu dweud
Mae pobl ifanc yn gofyn i'r llywodraeth i'w cynnwys yn y penderfyniadau sy'n ymwneud â chynhesu byd-eang, er mwyn iddynt gael dweud eu dweud am eu dyfodol.

Cymryd rhan
Os wyt ti'n teimlo'n gryf ynglŷn ag amddiffyn dy ddyfodol yn erbyn newid hinsawdd, beth am ymuno â'r mudiad? Cofia ofyn am ganiatâd oedolyn ac am help i dy gadw'n ddiogel. Dilyna'r hashnodau #FridaysForFuture a #ClimateStrike am wybodaeth bellach ar sut i gymryd rhan. Mudiad streicio heddychlon yw FridaysForFuture.

Gwna arwydd lliwgar

#YouthStrike4Climate
Mae mudiad #YouthStrike4Climate yn mynnu gweithredu brys yn erbyn yr argyfwng hinsawdd. Mae plant ysgol ledled y byd yn cymryd rhan mewn protestiadau wythnosol neu fisol er mwyn cyfiawnder i'r hinsawdd.

#GlobalClimateStrike
Ar 20 Medi 2019, cafwyd Streic Hinsawdd Byd-eang, pan aeth dros 7.6 miliwn o bobl o gwmpas y byd ati i ddilyn arweiniad plant ysgol gan orymdeithio ar hyd y strydoedd i fynnu gweithredu brys yn erbyn newid hinsawdd. Aeth plant i'r brotest yn hytrach na mynd i'r ysgol.

47

Newid ar y cyd

Newid hinsawdd yw'r her amgylcheddol fwyaf erioed i wynebu'r Ddaear. Wrth i'r blaned barhau i gynhesu, mae pobl ac anifeiliaid yn cael eu heffeithio. Mae llawer o fudiadau'n ceisio amddiffyn ein dyfodol yn erbyn newid hinsawdd. Gelli di chwilio ar-lein i ddysgu mwy am y mudiadau yma.

World Wildlife Fund

Os na wnawn ni wneud rhywbeth am newid hinsawdd nawr, bydd un o bob chwe rhywogaeth mewn perygl o ddiflannu. Mae WWF yn cydweithio â phobl mewn awdurdod i rwystro byd natur rhag cael ei ddinistrio.

Cyfeillion y Ddaear

Mae Cyfeillion y Ddaear yn credu y gall newidiadau mawr ddigwydd o gymryd camau bach. Mae eu grwpiau Climate Action yn cynnig atebion lleol i argyfwng byd-eang, gan ymgyrchu dros fyd tecach a mwy gwyrdd.

Gwrthryfel Difodiant

Wrth i'r Ddaear wynebu argyfwng byd-eang a allai arwain at ddifodiant torfol, mae'r mudiad hwn yn dod â phobl dros y byd at ei gilydd i fynegi pryder drwy brotestio'n ddi-drais.

Amazon Watch

Mae'r mudiad hwn yn ymgyrchu i amddiffyn coedwig law'r Amazon, gan weithio ar y cyd â grwpiau amgylcheddol i stopio dinistrio'r goedwig law a chefnogi pobl frodorol.

Y Sierra Club

Daw'r Sierra Club â phobl at ei gilydd i ffurfio mudiad amgylcheddol cryf ac effeithlon. Maen nhw'n credu nad oes amser i'w wastraffu wrth frwydro yn erbyn newid hinsawdd.

Cadwraeth Cefnforol

Wrth i newid hinsawdd fygwth ein cefnforoedd, mae Ocean Conservancy yn datblygu atebion i sicrhau bod cefnforoedd yn iach ar gyfer y cymunedau niferus a'r bywyd gwyllt sy'n dibynnu arnyn nhw.

Greenpeace

Mewn dros 40 gwlad ledled y byd, mae Greenpeace yn gweithredu'n heddychlon i amddiffyn y Ddaear. Daw pobl ymroddgar at ei gilydd i gefnogi planed iachach a mwy gwyrdd.

Cysyllta'r ffynhonnell gyda'r math o ynni sy'n cael ei greu.

Ynni adnewyddadwy

Yn wahanol i danwydd ffosil, mae ynni adnewyddadwy yn cael ei greu o adnoddau naturiol fydd ddim yn dod i ben, fel yr haul, gwynt a dŵr. Prin yw'r gwastraff sy'n cael ei greu a'r effaith ar yr amgylchedd wrth gynhyrchu'r ynni yma. Mae llawer o wledydd yn lleihau eu defnydd o danwydd ffosil drwy droi at ffynonellau ynni adnewyddadwy.

Ynni solar

Mae paneli solar yn casglu ynni'r haul a'i droi'n drydan. Mae'n bosib gosod y paneli bron ym mhobman ar draws y byd, neu hyd yn oed yn y gofod.

A

B

Ynni gwynt

Mae tyrbinau gwynt yn defnyddio nerth y gwynt i droi tyrbinau a chynhyrchu trydan. Mae ffermydd gwynt yn aml yn cael eu hadeiladu mewn mannau lle mae gwynt cryf, megis ar fryniau, caeau neu yn y môr.

Ynni dŵr

Mae ynni dŵr yn cael ei greu wrth i ddŵr droi tyrbinau, sy'n cynhyrchu trydan. Mae ynni dŵr yn creu 16 y cant o drydan y byd.

C

1 Pa fath o ynni mae tyrbinau gwynt yn ei gynhyrchu?

2 Pa fath o ynni sy'n cael ei gynhyrchu gan donnau?

3 Pa fath o ynni sy'n cael ei gynhyrchu gan nerth symudiad dŵr?

4 Pa fath o ynni sy'n cael ei gynhyrchu o olau'r haul?

Ynni tonnau

Mae amrywiaeth o dechnolegau wedi'u datblygu i gasglu'r ynni o symudiad tonnau. Yn yr un modd ag ynni hydro ac ynni llanw, mae tonnau'n symud i fyny ac i lawr i droi tyrbin, sy'n cynhyrchu trydan.

Mae tonnau'n creu llawer o ynni.

Ynni biomas

Deunydd organig sy'n dod o wastraff planhigion neu anifeiliaid yw biomas ac yn cynnwys ynni a amsugnwyd o'r haul. O'i losgi, mae'r ynni yma'n cael ei ryddhau a'i ddefnyddio fel tanwydd.

Ynni llanw

Yn debyg iawn i ynni hydro, mae ynni llanw'n defnyddio tonnau'r môr i droi tyrbinau a chynhyrchu trydan. Mae hwn yn ddull mwy dibynadwy na'r haul neu'r gwynt, gan fod y tonnau'n fwy cyson.

Ynni geothermol

O dan wyneb y Ddaear mae ynni geothermol, sef storfeydd o stêm a dŵr poeth. Mae pwerdai'n defnyddio'r ynni yma i gynhesu ac oeri adeiladau, neu i gynhyrchu trydan.

! WAW!

Gwlad yr Iâ yw'r unig wlad yn y byd sy'n **cynhyrchu** ei holl ynni o **ffynonellau adnewyddadwy**.

5 Pa fath o ynni sy'n cael ei harneisio o ddŵr poeth o dan wyneb y ddaear?

6 Pa fath o ynni sy'n dod o ddeunydd planhigion a gwastraff anifeiliaid?

Atebion: 1B 2D 3C 4A 5DD 6CH

Holi'r arbenigwr

Dyma holi rhai cwestiynau i Alice Fraser-McDonald, sy'n ymchwilio i lefelau nwy methan sy'n cael ei ryddhau gan goed sy'n tyfu ar safleoedd tirlenwi. Mae'n astudio ar gyfer gradd PhD mewn Rheolaeth Amgylcheddol a Gwastraff yn y Brifysgol Agored.

C: Beth ydych chi'n ei astudio yn y brifysgol?

A: Mae fy ymchwil yn edrych ar goed sy'n tyfu ar safleoedd tirlenwi sydd ddim yn bellach yn derbyn sbwriel. Rwy'n ceisio darganfod a yw'r coed yn amsugno nwyon tŷ gwydr, neu'n eu gollwng, yn enwedig methan.

C: Beth oedd yn eich ysbrydoli fel plentyn?

A: Fel plentyn, ro'n i'n lwcus iawn yn cael treulio dyddiau lawer allan yn y wlad ac ar deithiau i'r sw gyda'r teulu, a dyna pryd y dechreuais ymddiddori ym myd natur ac anifeiliaid. Es i ymlaen i astudio'r pynciau yma, gan fwynhau bioleg a daearyddiaeth yn arbennig yn yr ysgol a'r brifysgol. Rwy wedi parhau i ddatblygu'r diddordebau yma gan arwain at fod yn fyfyrwraig PhD.

C: Pam penderfynu canolbwyntio eich dysgu a'ch ymchwil ar goed?

A: Gwnes brosiect am goed ac roedd hynny'n ddiddorol iawn. Ro'n i'n hoff iawn o astudio'r cysylltiad rhwng coed a newid hinsawdd. Mae cymaint o goed ar y blaned, a phob un yn ymwneud â nifer o brosesau gwahanol, felly mae'n bwysig iawn eu hastudio.

C: Disgrifiwch ddiwrnod ymchwil arferol.

A: Rwy'n treulio nifer o ddyddiau yn fy swyddfa'n darllen ymchwil gwyddonol ac yn astudio'r data rwy wedi'i gasglu. Y dyddiau mwyaf cyffrous yw'r rhai pan fyddaf i'n ymweld â safleoedd penodol i wneud mesuriadau ar goed. Bryd hynny, rwy'n mynd â'm hoffer i gyd gyda fi ac yn treulio'r diwrnod yn mynd o goeden i goeden yn mesur y methan a llawer o bethau eraill, fel y tymheredd a maint boncyff y goeden.

C: Sut fydd y wybodaeth yn cael ei defnyddio i helpu deall newid hinsawdd?

A: Ar hyn o bryd does neb yn gwybod a yw'r coed sy'n tyfu ar y safleoedd tirlenwi caeedig yma'n gollwng neu'n amsugno nwyon tŷ gwydr, felly dyna beth yw diben fy ymchwil i. Wedi i fi orffen casglu'r data, dylwn wybod a yw'r coed yn helpu i arafu newid hinsawdd drwy amsugno methan, neu'n cyfrannu at newid hinsawdd drwy sianelu methan o'r sbwriel allan i'r atmosffer. Y gobaith yw y gallaf ddweud wedyn a ddylen ni fod yn plannu coed ar y fath safleoedd.

Offer sy'n cael ei ddefnyddio i fesur nwyon tŷ gwydr.

C: Beth yw rhan orau a rhan waethaf eich gwaith ymchwil?

A: Rwy wrth fy modd yn gallu mynd allan i'r lleoliadau gwahanol i gymryd mesuriadau. Rwy'n hoffi gwybod nad oes unrhyw un wedi gwneud y fath ymchwil o'r blaen felly bydd yr hyn y byddaf i'n ei ganfod yn hollol newydd. Mae'n siŵr mai rhan waethaf yr ymchwil yw pan fydd hi'n bwrw glaw a finnau allan yn yr awyr agored!

C: Pa offer arbennig ydych chi'n ei ddefnyddio?

A: Rwy'n defnyddio dadansoddwr nwyon tŷ gwydr wrth gasglu data ar leoliad. Bocs mawr melyn yw hwn sy'n cael ei gysylltu â thiwbiau i siambr ar foncyff y goeden. Mae'r nwyon yn y siambr ar foncyff y goeden yn mynd drwy'r tiwbiau ac i mewn i'r dadansoddwr nwyon tŷ gwydr. Mae'r dadansoddwr yn dangos yn union pa nwyon tŷ gwydr sy'n bresennol a faint sydd ym mhob siambr.

C: Gyda phwy arall ydych chi'n gweithio?

A: Rwy'n gweithio gyda phobl eraill yn y brifysgol sy'n helpu â'r ymchwil. Mae arolygwyr yn rhoi adborth i fi ac yn fy helpu gyda'r ymchwil. Mae technegwyr yn fy helpu i greu fy offer a dangos sut mae ei ddefnyddio, a daw rhai pobl eraill ar leoliad gyda fi i helpu i gasglu'r mesuriadau o'r coed; aelodau o'r teulu yw'r rhain fel arfer!

C: Beth yw eich dymuniad mwyaf i'r dyfodol?

A: Rwy'n gobeithio y bydd fy ymchwil, yn ogystal â llawer o ymchwil arall i newid hinsawdd, yn ein helpu i ddeall newid hinsawdd a nwyon tŷ gwydr a chanfod atebion fel bod modd arafu newid hinsawdd i'r dyfodol.

Mae Alice yn mesur allyriadau nwyon tŷ gwydr o foncyffion coed ac yn ysgrifennu am ei chanfyddiadau.

Byw gyda newid hinsawdd

Gan fod yr hinsawdd yn newid, mae'n bwysig ein bod yn dysgu i ymdopi â'r peryglon a'r canlyniadau. Drwy gymryd camau ymarferol, mae'n bosib lleihau neu rwystro'r niwed y mae cynhesu byd-eang yn ei achosi ar ein bywydau. Beth am chwarae gêm i ddysgu mwy?

Rholia'r dis a dechrau archwilio.

DECHRAU — **Wyt ti'n barod i ddysgu mwy am effaith newid hinsawdd?** Chwilia i weld pa fesurau sy'n cael eu cymryd i addasu i effaith newid hinsawdd a sut all technoleg ein helpu.

8 Datgoedwigo

7 Mae crynodiad y carbon deuocsid (CO_2) yn yr atmosffer yn uwch nawr nag ar unrhyw adeg yn y 3 miliwn mlynedd ddiwethaf. 'Nôl tri cham.

6 Llygredd o ffatrïoedd

5 Mae ffermwyr yn defnyddio cnydau sy'n gwrthsefyll sychder. Ymlaen un cam.

Corn

4 Cartrefi'n arnofio

3 Mae rhai gwledydd wedi dechrau adeiladu strwythurau sy'n arnofio i geisio osgoi'r broblem. Rholia'r dis eto!

2 Erydiad arfordirol

1 Mae cannoedd o bobl sy'n byw ar hyd yr arfordir yn gorfod symud i dir uwch am fod lefel y môr yn codi, gan arwain at berygl llifogydd. Colli tro!

Cytundeb Paris

Yn 2015, mabwysiadwyd Cytundeb Paris, y cytundeb byd-eang cyntaf i frwydro yn erbyn yr argyfwng hinsawdd. Mae'r Cytundeb yn gofyn i bawb addasu i effaith newid hinsawdd.

Cynhadledd y Cenhedloedd Unedig yn 2017 i drafod amcanion Cytundeb Paris

9 Torri 120 m sgwâr (1,292 tr sgwâr) o goedwig i greu canolfan wyliau. 'Nôl i'r dechrau.

10

11
Ffatri casglu CO₂ Climeworks

12 Mae ffatri casglu CO₂ wedi'i chwblhau. Rholia'r dis eto! Mae'r planhigion yma'n casglu carbon atmosfferaidd â hidlydd, gan ei stopio rhag cyrraedd yr atmosffer.

16 Mae cynnydd mewn tymheredd yn achosi sychder a phla pryfed. Colli tro!

15
Mosgitos

14 Morglawdd

13 Yn UDA, mae cynllun morglawdd 8 km (5 m) Ynys Staten wedi'i gwblhau. Ymlaen dau gam.

17 Mae MethaneSAT yn cael ei lawnsio yn 2022. Rholia'r dis eto! Bydd y lloeren yma'n ei gwneud hi'n bosibl i 'weld' allyriadau methan ledled y byd.

18
MethaneSAT

19 Mae dronau'n helpu gyda datgoedwigo. Ymlaen un cam.
Mae BioCarbon, cwmni o'r DU, wedi bod yn defnyddio dronau i wasgaru hadau coed mewn coedwigoedd sydd wedi'u niweidio.

20
Drôn

24 Mae llawer o wledydd yn llosgi llai o danwydd ffosil. Rholia'r dis eto! Yn 2017, cynhyrchodd Sweden dros hanner ei hynni o ffynonellau adnewyddadwy.

23
Tân coedwig

22

21 Mae tân yn dechrau mewn coedwig oherwydd cyfnod hir o wres. 'Nôl un cam.

25
Canolfan Bullitt

26 Bloc newydd o adeiladau hardd yn cael ei adeiladu. Ymlaen un cam.
Mae gan Ganolfan Bullitt yng Nghanada baneli solar dros y to i gyflenwi digon o ynni i'r adeilad cyfan.

Llongyfarchiadau! Rwyt ti wedi gorffen y gêm.
Cofia, mae llawer o waith i'w wneud er mwyn addasu'n effeithiol i newid hinsawdd.

Y DIWEDD

Gwisga sgarff a menig yn y tŷ os yw hi'n oer iawn.

Osgoi plastig

Mae 99 y cant o blastig yn cael ei greu drwy ddefnyddio olew neu nwy, sy'n gyfrifol am 5 y cant o allyriadau byd-eang. Gofynna i dy rieni gyfnewid plastig defnydd sengl am gynnyrch sy'n gallu cael ei ailddefnyddio, fel bagiau cynfas, fflasgiau dŵr a photeli diod gwydr.

Defnyddia offer cegin pren.

Oer a phoeth

Mae angen llawer o ynni i gynhesu cynhesu eich cartref. Os wyt ti'n teimlo'n oer, paid â throi'r gwres i fyny – gwisga siwmper gynnes.

Beth allaf i ei wneud?

Rydym eisoes yn gweld effaith newid hinsawdd ledled y byd. Mae digon o newidiadau syml y gallwn eu gwneud i helpu lleihau ein hallyriadau nwyon tŷ gwydr a gwrthdroi newid hinsawdd.

Agora ffenest os wyt ti'n rhy gynnes.

Sychu yn y gwynt

Mae dy beiriant sychu dillad yn defnyddio trydan i greu gwres, gan ychwanegu at dy ôl troed carbon. Gall newid i lein neu rac ddillad arbed ynni a bod yn fwy effeithlon ar ddyddiau heulog.

Cyfrif dy effaith

Defnyddia gyfrifiadur carbon ar-lein i ddarganfod faint yn union o garbon rwyt ti'n ei greu. Gall deall o ble mae allyriadau'n dod dy helpu i wneud newidiadau bach i leihau dy effaith ar newid hinsawdd.

Gofyn i oedolion dy helpu.

Mae dy lais yn bwysig

Gelli di helpu yn y frwydr yn erbyn newid hinsawdd. Defnyddia dy lais i ddylanwadu ar eraill i newid eu harferion a gwneud gwahaniaeth.

Ysgrifenna lythyr at y cyngor lleol.

Trwsio

Mae ein cymdeithas ni heddiw yn taflu gormod o bethau i ffwrdd gan roi pwysau ar ein planed a gwastraffu adnoddau ac ynni. Y tro nesaf y bydd rhywbeth yn torri, paid â phrynu un newydd – trwsia fe.

Gofyn i oedolyn dy ddysgu sut i wnïo botwm ar ddilledyn.

Ffeithiau a ffigyrau

Mae newid hinsawdd yn effeithio ar y byd o'n cwmpas. Dyma rai ffeithiau diddorol am ein byd sy'n cynhesu.

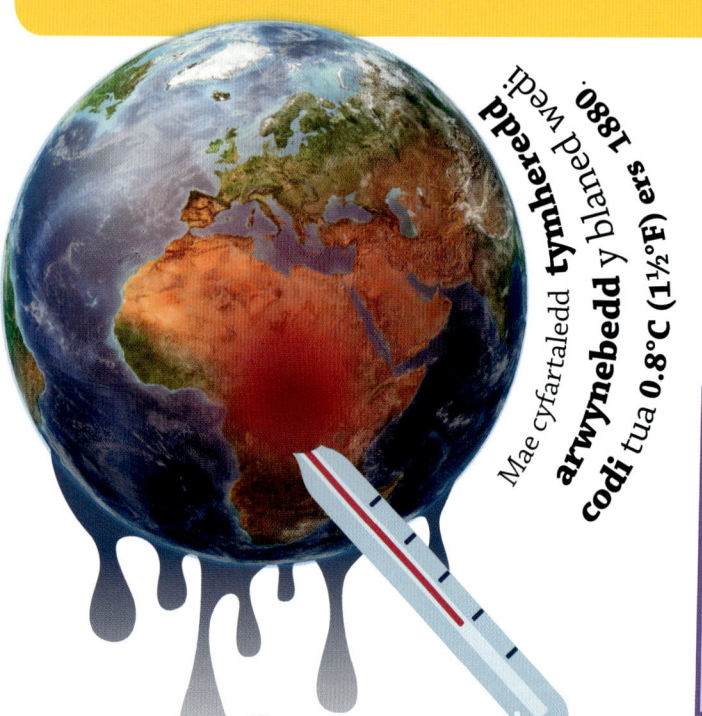

Mae cyfartaledd **tymheredd arwynebedd** y blaned wedi **codi tua 0.8°C (1½°F) ers 1880**.

Mae Coedwig Law'r **Amazon** yn cael ei galw'n **"ysgyfaint y byd"** am ei bod yn **tynnu** tua **dau biliwn tunnell** o garbon deuocsid y flwyddyn o'r aer. Drwy dorri coedwigoedd, mae hyn yn lleihau, ac mae hefyd yn gollwng y CO_2 oedd wedi'i storio gan y goedwig.

40%

Dyma tua faint o allyriadau carbon deuocsid sy'n cael eu tynnu o'r atmosffer a'u defnyddio gan y cefnforoedd.

152

Dyma sawl cilomedr ciwbaidd (26 milltir giwbaidd) o iâ sydd wedi diflannu yn yr Antarctig bob blwyddyn ers 2002.

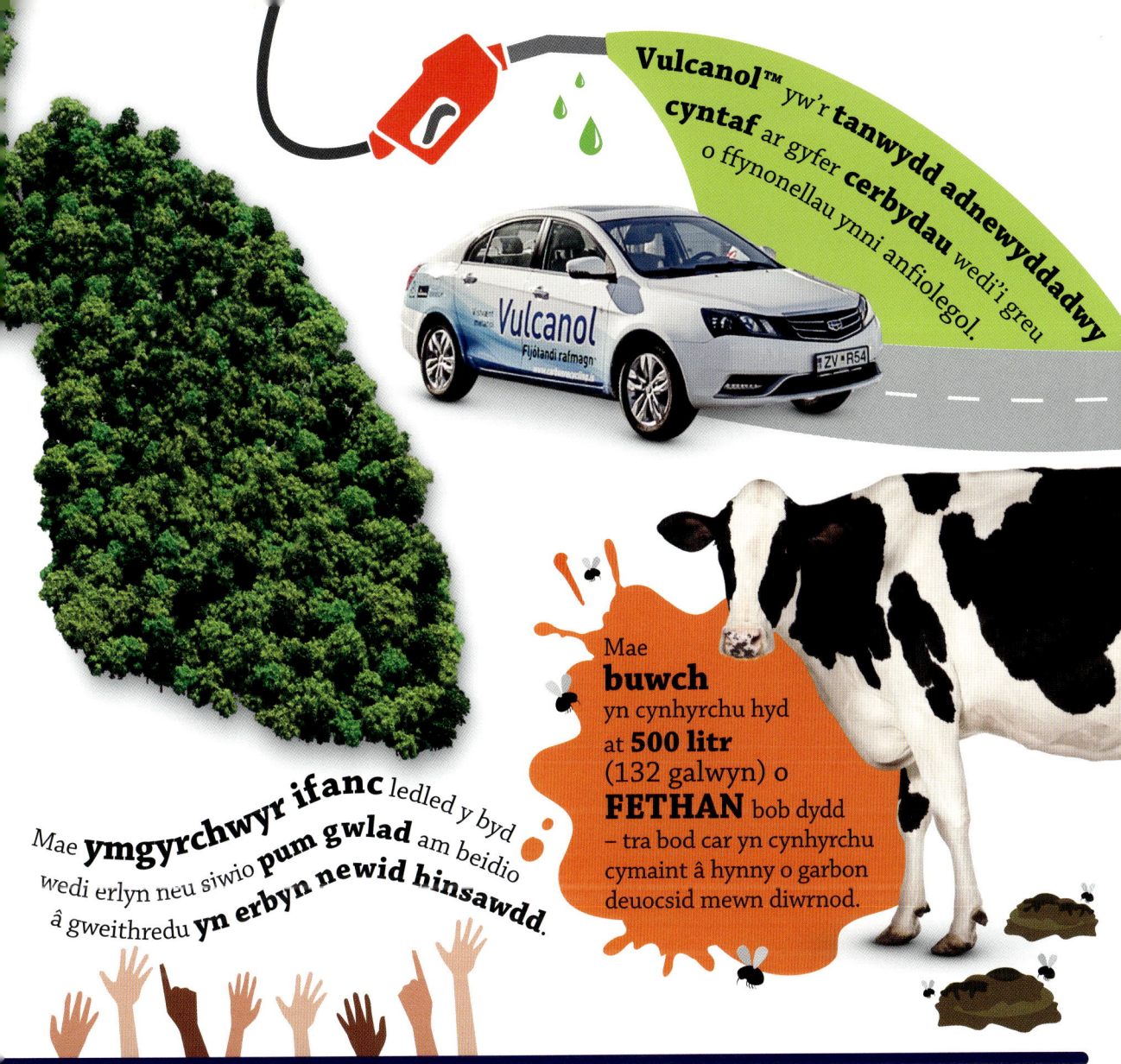

Vulcanol™ yw'r **tanwydd adnewyddadwy cyntaf** ar gyfer **cerbydau** wedi'i greu o ffynonellau ynni anfiolegol.

Mae **buwch** yn cynhyrchu hyd at **500 litr** (132 galwyn) o **FETHAN** bob dydd – tra bod car yn cynhyrchu cymaint â hynny o garbon deuocsid mewn diwrnod.

Mae **ymgyrchwyr ifanc** ledled y byd wedi erlyn neu siwio **pum gwlad** am beidio â gweithredu **yn erbyn newid hinsawdd**.

30
Mae ardaloedd maint 30 cae pêl-droed o goedwigoedd trofannol y byd yn cael eu colli bob munud.

195
Dyma sawl gwlad sydd wedi arwyddo a mabwysiadu Cytundeb Paris, gan ymrwymo i weithredu dros hinsawdd byd-eang ac addasu i newidiadau, yn ogystal â chryfhau amcanion hinsawdd.

Geirfa

Dyma ystyr rhai o'r geiriau sy'n bwysig i ti eu nabod wrth ddysgu am newid hinsawdd.

ailgoedwigo ailblannu ardal â choed

asteroid gwrthrych creigiog sy'n cylchdroi o gwmpas yr haul

atmosffer haenen drwchus o nwyon sy'n cwmpasu'r Ddaear ac yn amddiffyn y blaned rhag pelydrau'r haul

biodanwydd tanwydd sy'n cael ei gynhyrchu o fiomas

carbon deuocsid nwy di-liw sy'n bresennol yn yr atmosffer ac sy'n cael ei amsugno gan blanhigion. Mae hefyd yn cael ei ryddhau drwy losgi tanwydd ffosil. CO_2 yw ei symbol cemegol

CFCs nwyon oedd yn cael eu defnyddio mewn rhewgelloedd a chaniau aerosol. Roedden nhw'n achosi niwed i haen oson y Ddaear ond maen nhw bellach wedi'u gwahardd

cynefin cartref naturiol planhigyn neu anifail

cynhesu byd-eang cynnydd yn y tymheredd ledled y byd sy'n cael ei achosi gan effaith tŷ gwydr

cylchynys cylch riff cwrel o gwmpas lagŵn

cynaliadwyedd cyflenwi anghenion pobl heddiw heb niweidio gallu cenedlaethau'r dyfodol i gyflenwi eu hanghenion nhw

Chwyldro Diwydiannol, y dechrau cyfnod pan oedd peiriannau sy'n rhedeg ar danwyddau ffosil yn cael eu defnyddio i greu a chludo pethau

datgoedwigo torri coed i ryddhau tir, sy'n arwain at ddinistrio coedwigoedd

defnydd sengl rhywbeth sy'n cael ei ddefnyddio unwaith a'i daflu i ffwrdd neu ei ddinistrio

difodiant pan nad oes mwy o rywogaeth benodol o anifail neu blanhigyn ar ôl yn unman yn y byd

dŵr tawdd dŵr sy'n cael ei ryddhau gan eira ac iâ sy'n toddi, yn cynnwys o rewlifoedd, iâ môr neu silffoedd iâ

ecogyfeillgar rhywbeth sy'n garedig i'r amgylchedd, yn hytrach na bod yn niweidiol

ecosystem cymuned o bethau byw sy'n rhyngweithio â'i gilydd yn eu hamgylchedd

effaith tŷ gwydr lefel uwch y Ddaear yn cynhesu o ganlyniad i lefelau uwch o nwyon tŷ gwydr oherwydd gweithgaredd dynol. Newid hinsawdd yw'r enw ar hyn

erydiad dŵr neu dywydd yn malu creigiau

ffracio gorfodi hylif dan bwysau uchel iawn i mewn i'r ddaear i echdynnu olew neu nwy

halogi llygru, troi rhywbeth o fod yn lân i fod yn fudr

hinsawdd y tywydd mewn ardal benodol dros gyfnod hir o amser

isadeiledd pethau parhaol, megis adeiladau, ffyrdd a chyflenwadau pŵer, sydd eu hangen ar gyfer gweithgareddau bob dydd

lefel y môr uchder cyfartalog y môr lle mae'n cyffwrdd â'r tir

lliniariad cyflwyno deunyddiau niweidiol i'r amgylchedd

llygrydd sylwedd sy'n llygru'r atmosffer neu ddŵr

meteoryn darn o graig solet sydd wedi disgyn i'r Ddaear o'r gofod

methan nwy di-liw a diarogl sy'n cael ei ddefnyddio'n aml fel tanwydd. Mae'n nwy tŷ gwydr pwerus sy'n cael ei gynhyrchu gan wartheg, drwy losgi tanwyddau ffosil, neu pan fydd deunydd organig yn dadelfennu

microhinsawdd hinsawdd ardal fach. Gall fod yn wahanol i hinsawdd yr ardal o'i chwmpas

mudo symudiad pobl neu anifeiliaid o un lleoliad i'r llall

nwy tŷ gwydr nwy tŷ gwydr yn atmosffer y Ddaear sy'n amsugno gwres yr haul. Mae carbon deuocsid, methan, ocsid nitrus ac anwedd dŵr yn nwyon tŷ gwydr

ocsigen nwy sy'n hanfodol er mwyn i fywyd allu bodoli ar y Ddaear

ôl troed carbon faint o garbon deuocsid sy'n cael ei ryddhau i'r atmosffer oherwydd gweithgareddau person

oson ffurf ar ocsigen sy'n creu haenen o gwmpas y Ddaear, ac yn amddiffyn y Ddaear rhag pelydrau'r haul. Mae oson yn lliw glas golau

Pangea uwchgyfandir wedi'i ffurfio o holl dir y Ddaear. Roedd yn bodoli 335 miliwn o flynyddoedd yn ôl, cyn rhannu a ffurfio'r cyfandiroedd sydd gyda ni heddiw

protest heddychlon y weithred o fynegi barn ac ymgyrchu dros newid heb ddefnyddio trais

sero-wastraff rhwystro unrhyw wastraff rhag cael ei anfon i safle tirlenwi neu rhag llygru'r amgylchedd

stratosffer haen o atmosffer y Ddaear. Mae'r haen oson yn rhan o'r stratosffer

streic gwrthod gweithio neu fynychu'r ysgol fel ffurf o brotest

tanwydd ffosil tanwyddau sy'n cael eu ffurfio drwy ddadelfeniad organebau sydd wedi'u claddu. Mae tanwyddau ffosil yn cynnwys olew, nwy a glo. Maen nhw'n cynnwys llawer o garbon ac yn rhyddhau carbon deuocsid o'u llosgi ar gyfer ynni

tyrbin peiriant â llafnau ar olwyn sy'n troi drwy lif dŵr neu nwy. Wrth i'r peiriant droi mae'n cynhyrchu ynni

ymbelydredd uwchfioled ffurf ar ynni sy'n teithio ym mhelydrau'r haul. Gall gormod ohono achosi llosg haul

ymgyrchydd person sy'n ymgyrchu dros newid

ynni beth sy'n gwneud i bethau ddigwydd. Mae gwahanol fathau ohono i'w cael, yn cynnwys gwres, goleuni, symudiad, sŵn a thrydan

ynni adnewyddadwy ynni sy'n cael ei gynhyrchu o ffynhonnell sy'n cael ei hadnewyddu'n naturiol heb ddod i ben, megis ynni gwynt, haul, y llanw neu ynni geothermol

ynni anadnewyddadwy ynni sy'n dod o ffynonellau a fydd yn dod i ben neu na fydd yn cael ei adnewyddu yn ystod ein hoes ni

Mynegai

A
adar 32, 38–39
adnoddau naturiol 18, 43, 50
ailgoedwigo 21, 60
ailgylchu 19
algâu 17, 32–33
allyriadau 6, 17, 22, 43, 53, 55, 56–57, 58
Amazon Watch 49
amgylchedd 10, 11, 17, 18–19, 21, 22–23, 44–45, 50, 60–61
anialdir 5
anifeiliaid 7, 10, 22, 24–25, 27, 32–34, 38–39, 48, 51–52
Antarctig 14, 24, 39, 58
anwedd dŵr 9, 61
Arctig 24–25
ardaloedd arfordirol 28, 30–31, 41, 54
atmosffer 6, 8–9, 10, 12, 14, 16–17, 19, 20–21, 25, 27, 34–35, 42, 52, 54, 58, 60–61
Awstralia 5, 31

B
Bangladesh 31, 41
Bargen Werdd Newydd 45
Barriff Mawr 32
biodanwydd 17, 60
byw sero-wastraff 19, 61
bywyd môr 27, 33

C
cadwraeth cefnforol 49
cannu cwrel 32–33
carbon deuocsid 9, 13, 16, 17, 20, 27, 42, 54, 55, 58, 60
cefnforoedd 9, 20, 26–27, 29–30, 32, 25, 49, 58

ceir trydan 16
cefnforoedd 10, 20, 26–27, 29, 30, 32, 35, 49, 58
cerryntau, y cefnforoedd 27
cig 22–23, 37, 43
cloddio 11
cnydau 22, 54
coedwig law'r Amazon 20, 49, 58
coedwigoedd 20, 55, 58, 59, 60
compostio 37
corwyntoedd 27
crwbanod môr 28, 39
cwrel 28–29, 32–33, 39
Cyfeillion y Ddaear 48
cyhydedd, y 4, 35
cynaeafu 37
cynefin 9, 20, 24, 25, 27, 32–33, 38
cynaliadwy 17, 19, 43
cynaliadwyedd 60
cynefin 9, 20–21, 24–25, 27, 32, 38, 60
cynhesu byd-eang 9, 41, 47, 54, 60
Cytundeb Paris 54, 59

CH
chwistrellwyr aerosol 15
Chwyldro Diwydiannol, y 12–13, 60

D
da byw 22
daeargrynfeydd 7, 11
datgoedwigo 6, 9, 20–21, 22, 54–55, 60
deinosoriaid 6–7
DiCaprio, Leonardo 44
diflannu 7, 15, 24–25, 29, 38, 48, 58
digwyddiadau tywydd eithafol 9, 27, 29, 31, 34–35, 40

dillad 13, 18, 19, 56
diwylliant taflu i ffwrdd 18, 57
dŵr tawdd 26, 40, 60

E
ecogyfeillgar 16, 43, 48, 60
ecosystemau 18
echdoriadau folcanig 6–7
effaith tŷ gwydr 8–9, 25, 60
ehangu thermol 26
eira 4, 7, 9, 24–25, 34, 60
erydiad 21, 29, 31, 60
erydiad arfordirol 30–31, 41, 54

F
Fraser-McDonald, Alice 52–53
#FridaysForFuture 46–47

FF
ffasiwn 18
ffatrïoedd 12–13, 18, 54
ffoaduriaid 41
ffracio 11, 60

G
glawiad 4–5, 6, 35
glo 10–11, 12–13, 61
Greenpeace 49
gwaredu gwastraff 19
gwartheg 20, 22, 59, 61
gweithgaredd dynol 6, 9
Gwrthryfel Difodiant 48
gwynt 5, 22, 50, 56, 61

H
hadau 36–37, 55
haen oson 14–15, 60, 61
hedfan 16
hinsawdd 4–9

62

I
iâ 4, 6, 24–25, 26–27, 39, 51, 58, 60
iâ môr 24, 25, 27
iâ pegynnol 4
Injan Dywod 31
injan stêm 13

J
Johnson, Bea 19

L
lefel y môr 9, 25, 26–27, 28–29, 30–31, 38, 41, 54, 61

LL
llifogydd 11, 21, 33, 34–35, 41, 54
llygredd 10, 13, 16, 17, 21, 22, 36, 45, 54
llygredd aer 17
llygredd dŵr 11, 18, 21, 22
llynnoedd 6, 40
llysiau, tyfu 36–37

M
Ma Jun 45
Marw Mawr 7
methan 9, 19, 22, 25, 52, 55, 59, 61
microhinsawdd 5, 61
milltiroedd bwyd 17
Monbiot, George 44
moron 37
mudo 40–41, 61
mwg 6, 13
mynyddoedd 4, 40

N
nwy naturiol 10
nwyon CFC 15
nwy/on tŷ gwydr 6, 8–9, 10, 18, 22, 52–53, 56, 61

O
ocsid nitrus 9, 22
ocsigen 14, 61
oesoedd iâ 6–7
ôl troed bwyd 22-23
ôl troed carbon 42–43, 56, 61
ôl troed ecolegol 43

P
Pangea 6–7, 61
pecynnau bwyd 18
pegynnau 4, 24–25, 27
pelydrau'r haul 4, 8, 9
planhigfeydd 20
Protocol Montreal 15
pryfed, bwyta 23

R
reis 22
rigiau olew 10

RH
rhewgelloedd 15
rhewlifau 24, 26, 40
rhuddygl 37

S
sefydliadau amgylcheddol 48–49
seiclonau trofannol 27
Shiva, Vandana 45
Sierra Club 49
stormydd eira 34
stormydd cesair 34
stormydd trofannol 35, 41
Streic Hinsawdd Byd-eang 46, 47
streiciau ysgol 46–47
stormydd 30, 31, 34, 35, 41
stratosffer 14, 61
sychder 34, 35, 40, 54, 55

T
tanau gwyllt 40
tanwydd algâu 17
tanwydd ffosil 6, 9, 10–11, 12, 13, 16, 50, 55, 61
teiffwnau 41
teithio ar drên 16
Thunberg, Greta 44–45, 46
tirlenwi 18, 19, 52
tomatos 36–37
trafnidiaeth 16–17
trawsblannu 36
tymheredd 4, 6, 9, 24, 26–29, 30, 35, 38–39, 40–41, 52, 55, 58
tyrbin 50–51, 61
tywydd 4, 9, 15, 25, 27, 34–35, 38, 40
tywydd poeth iawn 34

U
uchder 4

V
Vulcanol 59

W
World Wildlife Fund 48

Y
ymbelydredd uwchfioled 14, 61
ymgyrchydd/wyr 19, 44–47, 59, 61
ymgyrchydd amgylcheddol 19, 44–45
ynni 8–9, 16, 18, 50–51, 55, 56, 61
ynni adnewyddadwy 17, 50–51, 59, 61
ynni biomas 51
ynni dŵr 50
ynni geothermol 51
ynni gwynt 50
ynni llanw 51
ynni tonnau 51
ynni solar 50
#YouthStrike4Climate 47
Ynysoedd Solomon 29, 41
ynysoedd, suddo 28–29

Cydnabyddiaethau

Dymuna'r cyhoeddwr gwreiddiol ddiolch i'r canlynol am eu help wrth baratoi'r llyfr hwn:
Caroline Stamps a Sophie Parkes am brawfddarllen, Hélène Hilton am help golygyddol, Helen Peters am lunio'r mynegai, ac Alice Fraser-McDonald am y cyfweliad "Holi'r Arbenigwr".

Dymuna'r cyhoeddwr ddiolch i'r canlynol am eu canitâd caredig i ddefnyddio'u ffotograffau:

(ALLWEDD: u-uwchben; i-islaw; g-gwaelod; c-canol; e-eithaf, ch-chwith; dd-dde; t-top)

1 iStockphoto.com: BrianAJackson. **2 Dreamstime.com:** Alexandr Bazhanov(cchg); Isabellebonaire (gch); Chernetskaya (gr). **iStockphoto.com:** SDI Productions (gc). **3 Alamy Stock Photo:** Daniel Reinhardt / DPA Picture Alliance (gc). **Dreamstime.com:** Erectus (gch). **iStockphoto.com:** Ekaterina_Simonova (cch). **4 Dreamstime.com:** Viktoriia Kasyanyuk (cch). **4–5 Alamy Stock Photo:** Anna Berkut (t). **5 Dreamstime.com:** Alvaro German Vilela (cchg); Wertes (cchg). **6 iStockphoto.com:** Ekaterina_Simonova (cchg). **7 Alamy Stock Photo:** Stocktrek Images, Inc. (t). **Dreamstime.com:** Corey A Ford (cu); Planetfelicity (cg). **Science Photo Library:** Claus Lunau (g). **9 Depositphotos Inc:** Leonardi (cddu). **10 Dreamstime.com:** Nightman1965 (gch); Robwilson39 (gch). **Robert Harding Picture Library:** FHR (cddu). **11 Dreamstime.com:** Chris Boswell (t); Dutchscenery (cchg). **Robert Harding Picture Library:** Alexandr Pospech (cu). **12–13 Alamy Stock Photo:** Niday Picture Library. **13 Getty Images:** Fox Photos (cchg). **Rex by Shutterstock:** Cci (cchg). **14–15 Getty Images:** Per-Andre Hoffmann / LOOK-foto. **14 NASA:** Goddard Space Flight Center (gch); NASA Ozone Hole Watch (gc). **15 Depositphotos Inc:** Zamula (cddu). **Dreamstime.com:** Kevin M. Mccarthy (cch). **NASA:** Goddard Space Flight Center (bl, br); NASA Ozone Watch / Katy Mersmann (gc). **16 Dreamstime.com:** Dezzor (cddu); Kenneth Sponsler (cch). **Pixabay:** Quinntheislander (gch). **17 123RF.com:** Chokniti Khongchum (cch). **Alamy Stock Photo:** Alan Moore (cchg). **Getty Images:** Bob Carey / Los Angeles Times (tch). **18 Alamy Stock Photo:** Imaginechina Limited (cchg). **Dreamstime.com:** Casadphoto (gch). **Getty Images:** Mint Images (cch). **18–19 Dreamstime.com:** Maldives001 (tc). **19 Alamy Stock Photo:** Jim Clark (cchg). **Dreamstime.com:** Natasha Mamysheva (cch). **Jacqui_J:** (gc). **20 Dreamstime.com:** Thamonwan Chulajata (cchg); Vladvitek (tdd); Smithore (cchh). **Getty Images:** Tom Jaksztat / 500px (cchg). **21 Alamy Stock Photo:** imageBROKER (cddu); Willie Sator (c). **Dreamstime.com:** Alexander Naumov (gch). **iStockphoto.com:** Imantsu(cchu). **22 Dreamstime.com:** Ahavelaar (cg). **22–23 Dreamstime.com:** Joyfull (cu). **23 Dreamstime.com:** Rafael Ben Ari (cg); Sergii Koval (cddu); Jaran Jenrai (gch). **24 Getty Images:** Rosemary Calvert (gch). **PunchStock:** Digital Vision / Tim Hibo (cch).

24–25 Robert Harding Picture Library: Michael Nolan (c). **25 Dreamstime.com:** Erectus (cch); Damien Richard (tdd). **26–27 Dreamstime.com:** Odua (Background). **26 Dreamstime.com:** Adfoto (cch); Alexander Nikiforov (gch). **27 123RF.com:** Darko Komorski / kommaz (gc). **Dreamstime.com:** Birdiegal717 (tch); Eddygaleotti (cddu). **NASA:** JPL (c). **28 Dreamstime.com:** Ibrahim Asad (cchg); Isabellebonaire (cch). **Getty Images:** The Asahi Shimbun Premium (cch). **29 Alamy Stock Photo:** Galaxiid (cchg). **naturepl.com:** Brent Stephenson (cddu). **Robert Harding Picture Library:** Jean-Pierre De Mann (ch). **30–31 Getty Images:** Chris Hyde. **31 Alamy Stock Photo:** Frans Lemmens (cchg). **Dreamstime.com:** Hsun337 (cddu). **Getty Images:** Khandaker Azizur Rahman Sumon / NurPhoto (cch). **32 iStockphoto.com:** Vlad61. **33 Alamy Stock Photo:** WaterFrame. **Dreamstime.com:** SimonSkafar (tdd). **34 Dreamstime.com:** Frofoto (cchg); Tom Wang (gch). **35 Dreamstime.com:** Andrey Koturanov (cchu); Jack Schiffer (gch). **Getty Images:** Ethan Miller (tc). **36–37 Dreamstime.com:** Airborne77 (tc). **36 Dreamstime.com:** Dementevajulia (gch); Nagy-Bagoly Ilona (gch). **37 Dreamstime.com:** Pojoslaw (cu). **iStockphoto.com:** SDI Productions (cchg). **38 Alamy Stock Photo:** Photo Resource Hawaii (gch). **Dreamstime.com:** Cao Hai (c). **39 Dreamstime.com:** Shane Myers (gch). **Getty Images:** Ralph Lee Hopkins (gch). **40 Alamy Stock Photo:** Matthias Kestel (gc). **Dreamstime.com:** Erin Donalson (cch). **40–41 Alamy Stock Photo:** Rehman Asad (tc). **41 Alamy Stock Photo:** imageBROKER (cchg); NASA Image Collection (gch). **Getty Images:** The Asahi Shimbun (cddu). **42 123RF.com:** Prasit Rodphan (tdd). **Dreamstime.com:** Pavel Losevsky (cg). **43 Dreamstime.com:** Monkey Business Lluniau (tc); Photographerlondon (gch). **44 Alamy Stock Photo:** DPA Picture Alliance (ch); Steven Scott Taylor (c). **44–45 Alamy Stock Photo:** Daniel Reinhardt / DPA Picture Alliance (c). **NASA:** Goddard Space Flight Center (Earth); MSFC / Bill Cooke. **45 Alamy Stock Photo:** Alex Edelman / CNP / MediaPunch (tdd). **Getty Images:** Gilles Sabrie / Bloomberg (l); Amanda Edwards / WireImage (c). **46 Getty Images:** Michael Campanella (g). **46–47 Getty Images:** Laurene Becquart / AFP (gc). **Rex by Shutterstock:** Facundo Arrizabalaga / EPA-EFE (c). **47 Alamy Stock Photo:** Christoph Soeder / dpa picture alliance (tdd). **48 Getty Images:** Alfredo Estrella / AFP (cddu); Robert Ng / South China Morning Post (cchg); Rodger Bosch / AFP (cchg). **49 Alamy Stock Photo:** Barry Lewis (cddu); PJF Military Collection (cchg). **Getty Images:** Pierre Andrieu / AFP (cchu); Sajjad Hussain / AFP (cchg). **50 123RF.com:** Dimitar Marinov / oorka (c). **Dreamstime.com:** Darren Baker / Darrenbaker (cchg); Aleksandr Kiriak (cch). **51 Alamy Stock Photo:** Michael Roper (c). **Dreamstime.com:** Aigarsr (tch); Irabel8 (tdd); Smallredgirl (cddu). **52 Lee Fraser-McDonald:** (tch). **Alice Fraser-McDonald:** (gc). **53 Lee Fraser-McDonald:** (dd). **54 Alamy Stock Photo:** Joern Sackermann (gch). **Dorling Kindersley:** Stephen Oliver (c). **Dreamstime.com:** Roman Budnyi (tdd); Andrew Zimmer (cg); Fabrizio Troiani (cchg). **Getty Images:** Lukas Schulze (gch). **iStockphoto.com:** Georgeclerk (cch). **55 Alamy Stock Photo:** travelstock44 (tc). **Ball Aerospace:** (c). **Dorling Kindersley:** Koen van Klijken (cchu). **Dreamstime.com:** Alexsalcedo (cch); Yongsky (cu); Elantsev (cg). **Getty Images:** Nic Lehoux / View Pictures / Universal Images (gch). **56 Dreamstime.com:** Alexandr Bazhanov (cddu); Inna Tarnavska (tch); Jo Ann Snover / Jsnover (tc); Chernetskaya (ca, gdd). **iStockphoto.com:** Alex Potemkin (cch). **57 Dreamstime.com:** Darren Baker (tc); Korrawin Khanta (cch). **iStockphoto.com:** Tonivaver (gch). **58 Dreamstime.com:** Irabel8 (gch). **58–59 Dreamstime.com:** Orlando Florin Rosu (t). **59 123RF.com:** Eric Isselee / isselee (cch). **Carbon Recycling International:** (cu). **60 Dreamstime.com:** Shane Myers (tch). **62 Alamy Stock Photo:** Anna Berkut (tch). **64 Dreamstime.com:** Alexander Naumov (tch).

Lluniau Tudalen Weili *Glaent:* **123RF.com:** Francis Dean bl, Mykhaylo Palinchak crb; **Depositphotos Inc:** Alexey_Seafarer c (Polar bear), vkatrevich cb; **Dreamstime.com:** Riko Best fcddu, Friziofriziofrizio c, Senorrojo cddu, Jordan Tan fbr; **iStockphoto.com:** Georgeclerk gc;

Lluniau Clawr *Blaen:* **Alamy Stock Photo:** FogStock l; **iStockphoto.com:** Amriphoto (cddu), Ray Hems (gc), Photo5963 (gdd), Picsfive c, Spawnscr; *Cefn:* **Dorling Kindersley:** Koen van Klijken (cla); **Dreamstime.com:** Dezzor (tdd); **iStockphoto.com:** DNY59 (cdd); *Fflap Blaen:* **123RF.com:** Eric Isselee / isselee (c); **Dreamstime. com:** Niday Picture Library (cchu), (tdd)/ (2); **Getty Images:** Picsfive (gdd)/ (2); **iStockphoto.com:** Mphillips007 (cg); **Robert Harding Picture Library:** Jean-Pierre De Mann (cddu); *Fflap Cefn:* **123RF.com:** Kajornyot (cdd), Teerawut Masawat / jannoon028 (cg); **Dorling Kindersley:** The American Museum of Natural History (tc)

Pob llun arall © Dorling Kindersley
Am wybodaeth bellach gweler: www.dkimages.com

Pethau rwy wedi'u darganfod:

Newid Hinsawdd ac Iechyd

TYMHEREDD YN CODI

Os bydd y tymheredd byd-eang yn dal i godi ar y gyfradd bresennol, gallen weld y tymheredd yn codi 0.5°C (1°F) eto erbyn 2040, gan gael effaith ddifrifol ar ein hiechyd.

TYWYDD EITHAFOL

Mae stormydd trofannol, corwyntoedd, llifogydd a chyfnodau o dywydd poeth yn digwydd yn amlach oherwydd newid hinsawdd. Gall digwyddiadau tywydd eithafol gael effaith ar ein bywydau a'n rhoi mewn perygl.

Cyfnodau aml o dywydd poeth

Tanau gwyllt mwy dwys

Wrth i'r tymor tanau gwyllt ymestyn, mae difrifoldeb y tanau gwyllt yn cynyddu.

Mwy o wres

Llewyg gwres

Methiant cnydau a newyn

Afiechyd respiradol dwys

Gall llygredd achosi afiechydon respiradol, yn cynnwys asthma, a gwneud y sefyllfa'n waeth i'r rhai sy'n dioddef ohono.

Dadhydradiad

Mae tymheredd uwch yn ei gwneud hi'n fwy anodd i fodau dynol osgoi dadhydradiad sy'n gallu arwain at afiechyd yr arennau.